時光詞場

張曼娟

醒來，自雨中。

——自序

常常，當我自雨中醒來，都會有一種跋涉之後終於可以休憩的適意感覺。究竟在我睡眠時去過哪些地方呢？遇過什麼人？發生了什麼事？其實都記不起來。但，精神上確有一種充實飽足之感，使我相信自己必定經歷了一些事，在綿綿不斷的雨聲裏。或許雨是知道的，它唏嚦嚦地反覆訴說著的，會不會就是我們夢中的經歷？只是我們沒聽懂。

我們不懂。愛著的時候，不懂得戀慕也可以殘忍；離開的時候，不懂得回憶會如影隨行；失去的時候，不懂得如何爭取與挽留；擁有的時候，不懂得瞬間就將一無所有。

我後來讀到蔣捷的那闋詞【虞美人】，描寫的是聽雨的心境：

少年聽雨歌樓上，紅燭昏羅帳。
壯年聽雨客舟中，江闊雲低斷雁叫西風。
而今聽雨僧廬下，鬢已星星也。
悲歡離合總無憑，一任階前點滴到天明。

少年的歡樂無憂，壯年的飄泊流浪，老年的閑淡了悟，這就是人生了。那雨是恆久的背景，永不離棄的陪伴，也是知曉一切秘密的。

人生的秘密，時光的秘密。

在翻閱著我最愛的那些詞的時候，昔日坐在課堂上看著教授講解的青春歲月又回來了，那時我蓄著烏亮的長髮，喜歡一邊編辮子一邊背小令，兩條辮子垂掛胸前的同時，一闋小令也牢記心間了。然後，是此刻的哀樂中年，我站在少年與老年的隘口，靜靜地聽雨聲。並且想像著自己年老的時候，那時候我要蓄留雪白的長髮，也許仍可以一

邊編辮子一邊背小令，或許還可以幫李清照斟茶，與蘇東坡下棋，看辛棄疾練劍。

與麥田出版社的合作，開啓了我的另一條生命道途，一手挽住古代，一手牽引現在，感覺到雨一般的溫柔，雨一般的力量。【藏詩卷】第一輯是《愛情，詩流域》，在製作方向上是一個創新，我們嘗試著，並且尋找更好的可能。當西元二〇〇一年開春，我們完成了《時光詞場》，題材擴大了，故事更豐富了，形式也更新了。

至於「我們」究竟是誰呢？就是麥田與紫石的夥伴們，是每一位爲這本書而努力的朋友。特別是親愛的Samuel與Eric，你們的擇善固執給了我很大的鼓舞，使我在挫折中也能微笑。

新的一百年開啓之際，我從雨中醒來，有一種跋涉長途之後的心滿意足，於是，我將這些經歷緩緩寫下來。如果其中也有你的心情，請不要驚奇，你知道，雨水啊，知曉著時光中所有的秘密的。

時光詞場

目錄

contents

第一片 少年聽雨歌樓上，紅燭昏羅帳。

第二片 壯年聽雨客舟中，江闊雲低斷雁叫西風。

第三片　而今聽雨僧廬下，鬢已星星也。

時光詞場

張曼娟

第一片

少年聽雨歌樓上，紅燭昏羅帳。

記得綠羅裙，處處憐芳草。

等閒妨了繡功夫，笑問鴛鴦兩字怎生書。

騎馬倚斜橋，滿樓紅袖招。

日日思君不見君，共飲長江水。

瘦應緣此瘦，羞亦為郎羞。

嬌癡不怕人猜，和衣睡倒人懷。

時光詞場

第一片

少年聽雨歌樓上，紅燭昏羅帳。

記得綠羅裙，處處憐芳草。

她蓄起長髮，
開設一家又一家
綠色招牌的「鸚鵡檳榔攤」，
她成為檳榔西施，
以半裸的身體，
懸賞今生的戀人。

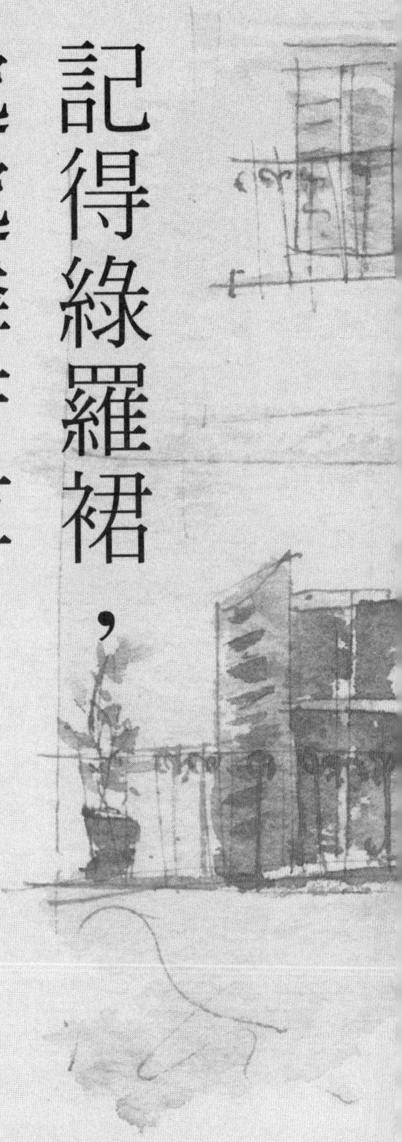

她是檳榔西施中，名聲相當響亮的一位。吹彈可破的冰肌玉膚，垂瀑似的烏亮長髮，驕人的身材，看不出年齡的臉蛋。低胸的緊身上衣，短得令人心驚膽跳的裙子。她坐在最外面的座位，機車或轎車經過時，她無精打采地連眼皮也懶得抬一下。每當有貨車靠近，她便立即彈跳起來，整張臉煥發光采，抓起一包檳榔就衝過去。然後，眉壓著眼，拖著無力的腳步踱回來，臉色灰敗，忽然顯得老。

每個攤子大約呆三個月，她便轉去另一個，從來沒有人埋怨她不敬業，也沒人指責她對某些顧客的冷漠，因爲，據說，這些檳榔攤都是她自己開的。

每當她坐著翹起腿，切開一粒新鮮的檳榔，那種特殊的香氣，便使她回到過往，有一些往事，她總記得牢牢的，永遠也不會忘。

就像與「大學生」初遇的夏天，她和母親剛剛從日本回到台灣來，她忽然發現做生意的父親，許多人口中敬畏的「明爺」，原來是黑幫老大。她的許多少女的夢幻都紛紛毀滅了，她覺得自己一定會親眼看見父親橫死街頭；她覺得自己一定會在婚禮中被槍殺；她知道這一生是不可能獲得幸福了，這想法令她悲哀，也讓她自暴自棄。父親找了幫中一位優秀的大學生來當她的家教，那人是幫中培養的文職新生代，法律系高材生，乾淨秀雅的儀表，和她所見到的其他人完全不同。

他被引到她面前時，正是溽暑的午後，她在祖母房外寬闊的陽台上逗弄那幾隻鸚鵡，陽台頂上的風扇嗡嗡旋轉著，她讓他站在那兒，捧著一盅葵瓜子，她一邊嗑著，一邊餵鸚鵡，並不理睬他。她剛削得薄短的髮絲可可貼著頭顱，穿了一襲新裁的紗質粉綠色短洋裝，衣裳讓風吹得不住飄飛。大學生注視著她，忽然微微笑起來。

「你笑什麼？」她好奇的。

「妳的衣服和鸚鵡的很配。」

她忽然生氣了，抿著嘴將他從頭到腳打量一番，挑釁地：「我倒覺得你和這裏很不配，他們都是刀頭舔血的，我看，你連刀都舉不起來吧？」

他們是這樣開始的。暑假裏，他們一起去了許多地方，除了祖母以外，和她最談得來的就是大學生，他的機車騎得飛快，有時穿過雷雨的黑夜，冰涼的雨水刷洗她裸露的雙腿，她興奮得又叫又笑。有好幾次他幾乎就要吻她了，她像尾魚似的滑溜開。有一次，她洗過頭正在吹風，他來找她，便接下風筒替她吹乾，他的潔長的手指穿梭在她細細的黑髮裏，像一次纏綿的按摩，她不大敢動，連呼吸都小心翼翼地。「如果妳留長頭髮，一定很好看。」他並不很刻意的說。

她的生活開始發生變動，祖母去世了，事情發生得很突然，她一點準備也沒有。母親決定將祖母的鸚鵡全部放生，不理會她的哀求，看著幾隻鸚鵡碩大的身子，顛撲著翅膀怎麼也飛不高，她終於明白母親有多恨祖母。那天黃昏，她在離家不遠處看見被車輾斃的綠色鸚鵡，忍不住哭起來，跑去大學生的住處等他回來。天很冷，他總不回來，她卻不願離開，那一夜除了他，她再沒有地方可以投奔了。天快亮的時候，他從計程車上下來，身上都是傷，她撲上去抱住他，問他發生什麼事？他苦笑著：「我現在過的是刀頭舔血的日子，也許妳喜歡這樣的我。」他們在寒夜裏擁吻，唇裏有血腥的鹹味。

幫中最大的一次風暴發生了，父親被捲進去，入了牢，好幾個幫裏人出面頂罪，也包括大學生。「先把明爺救出去，他會想辦法將我們弄出去的。」大學生一直安慰她，他問她：「妳會不會等我？會不會？」她點頭，哭得肝腸寸斷。父親還沒出來，母親與幫中兄弟私奔

了，帶走許多財產，她才知道原來母親這樣恨父親。父親病了好長一段日子，不再信任人，甚至覺得那些在牢裏的本來就有罪，和他沒啥關係。她後來嫁了財主的兒子，他們答應會讓大學生脫罪出獄，卻沒有實踐約定。父親並沒有橫死街頭，她也沒有在婚禮上被槍殺，只是眞的沒有獲得幸福。大學生出獄後脫幫遠走，她也在多年後獨立生活，她知道自己違背了愛的信誓，他不會再來找她，除非她找到他。

她聽見他的最後消息是開貨車，穿梭於省道上，於是，她蓄起長髮，開設一家又一家綠色招牌的「鸚鵡檳榔攤」，她成爲檳榔西施，以半裸的身體，懸賞今生的戀人。

直到她消失後的許多年，這故事仍沸沸揚揚地傳說著。說那是一個颱風夜，她忽然不要命的，發狂似地攀上一輛貨櫃車的車門，縱使車子已經開動了，她披在身上的黑色薄長衫像掙扎的蝙蝠，險象環生，旁觀的人都驚呼起來。車子終於煞住，車門打開，一隻粗壯的手臂伸出來，將她攬進去。
看見的人也都聽見，她驕恣狂放的笑聲，閃亮在深夜。

生查子

五代 牛希濟

春山煙欲收，天澹稀星小。
殘月臉邊明，別淚臨清曉。
語已多，情未了，迴首猶重道：
『記得綠羅裙，處處憐芳草。』

詞場曼話

牛希濟，生卒年不詳，李後主時曾官至翰林學士。他的詞作流傳不多，《花間詞》中收錄的只有十一首，這闋〈生查子〉可算是詞人的代表作品。

這闋小詞寫的是離情，並巧妙的將自然景物與情感相結合，隨手拈來，樸質而優美。離別的背景是在春天的破曉時分，黎明前的嵐霧漸漸消散逸去，山的輪廓更清楚了。天邊懸掛的星子稀疏微小，即將沉落的殘月卻將臉頰照亮了，原來頰上晶瑩的並不是月光，而是在晨曦中閃耀的淚水。一整夜臨別的話語說得已經很多了，情意卻仍不能充分表達，眼看情人已經離去，又依依不捨的轉回頭來，於是再一次叮嚀道：「記得我最愛穿的綠色羅裙啊，不管你到哪兒去，看見芳草萋萋便會升起愛憐的情緒。」

「記得綠羅裙，處處憐芳草」，是全詞最有光華的句子，也因爲這兩句使牛希濟的名字變得重要。在愛戀著的時候，其實是我們的想像力發揮到極致的時刻，情人的一次蹙眉，一個微笑，都被賦予非凡的意義。特別是離別的經驗，讓我們體會著莫名的痛楚與深刻的相思，將人類的聯想力激發到顛峰。相愛的兩人小宇宙裏，定然會有一些只有彼此才知道的密語或信物，也許是一件外套，也許是一張卡片，也許是一種偏愛的飲料，也許是一些愛吃的零食，曾經是日常生活的尋常事物，都因爲離別而顯出重量了。揮別時刻，不談彼此的盟誓，不約生死，只是叮嚀再叮嚀，不要忘記啊，走到天涯海角，總會看見芳草碧連天，那芳草就是一個密碼，俯拾可得的印象，彌天蓋地的相思。

記得綠羅裙，處處憐芳草。

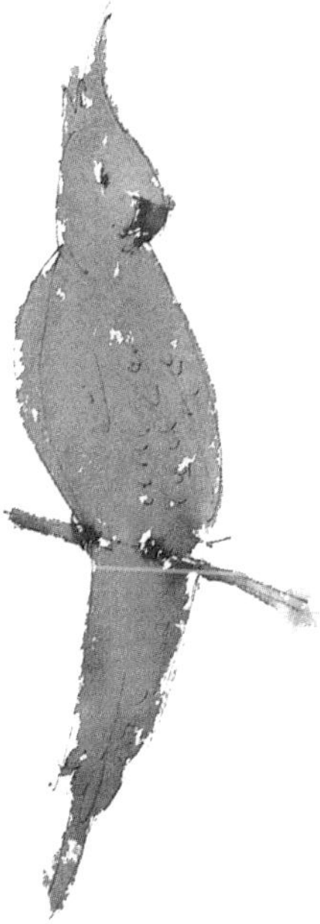

時光詞場

第一片

少年聽雨歌樓上，紅燭昏羅帳。

等閒妨了繡功夫，笑問鴛鴦兩字怎生書。

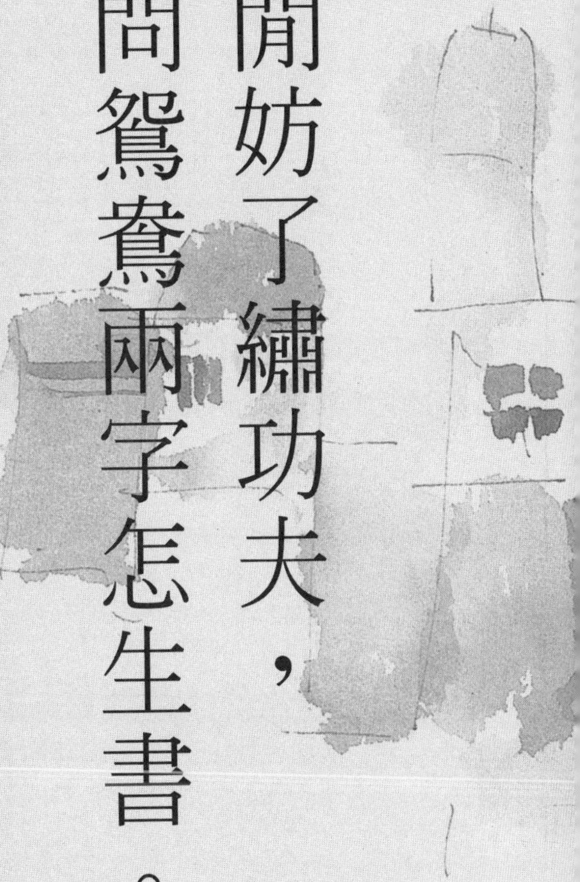

大家都圍著表妹
想向她表達善意和親愛，
她也總是微笑著，點著頭，
偶爾，她會轉過頭
依戀地尋找他的目光。

他目送著她往登機門走去，然後拆開她封贈給他的那本日記，他貪婪地恨不得將整本日記吞進肚裏去。當他終於翻開日記本，一頁一頁地翻過去，他的淚水緩緩地泛進眼眶中……

原本，他並不歡迎她的，他早就擬好了暑假的打工計畫，早晚各兼一份工，暑假過後就能換一台NSR機車了，他已經夢想好久的。誰知道放假前忽然接到母親的電話，說是在德國定居的小阿姨的女兒要回台北過暑假，這女生是中德混血兒，不會說中文，只會說一點英語。家族裏的年輕人就只有他是外文系的，又要留在台北打工，就順便照顧一下表妹囉。他使勁全力想脫身，連男女授受不親這種上古時代的理由都說出口了。母親沉吟片刻：「這麼困難哦，那，我讓阿媽跟你說。」阿媽一上場他就完了，從小阿媽就是他經濟上的最大支柱，他們祖孫倆的感情一向特別深厚。他在電話裏向阿媽應承一切，連接機都包攬上身，這就叫做意氣用事了。

當他在機場裏看見表妹走來的時候，忽然有一種烏雲罩頂的預兆，就是那種自知即將沉淪卻無力可以挽救的感覺。

他的英文從不曾像此刻這樣的彆腳，其實並不是詞彙的問題，而是太多言詞也無法表達的心意，太多來不及傳達的情意。更糟糕的是，他發現自己變呆了，只要她一笑，他就方寸大亂，腦中一片空白，他簡直沒法原諒自己。表妹雖然只有十七歲，穿著打扮卻像是個成熟的女人了，他難免虛榮的帶著她去舞會，去PUB，卻又無法控制嫉妒的火燄焚燒，他想和每個上來搭訕的男人幹架。於是，他改變了活動內容，帶著她往山上和海邊，人煙稀少的地方去，她穿著很清涼的短衣短褲，從爬滿海蟑螂的岩礁上跳躍而去，一邊歡快地大聲唱著他聽不懂的歌。他坐在岩石上看著她，忽然覺得自己變得好老，老得追不上她的青春，他頭一次感受到憂傷。

暑假快結束的時候，家族都聚集在一起，他奉命帶表妹回家鄉去和家族團聚。在阿媽的舊屋裏，他們一起看著牆壁上張貼的那些照片，那些孩子們小時候的照片，他看見自己小學畢業的憨厚模樣，也看見表妹滿月的洋娃娃模樣。原來，他們的照片一起被貼在牆上這麼久，他卻一直沒有察覺，或者說是視而不見。他以一種從不曾有過的溫愛情感，仔細端詳每張相片，也注視每位親人長者。大家都圍著表妹想向她表達善意和親愛，她也總是微笑著，點著頭，偶爾，她會轉過頭依戀地尋找他的目光。穿過許多人的阻隔，他總等在那裏，對她鼓勵地微笑，她領會到了，不再迷惑，繼續與親人們交際。他感覺到自己是她需要的一股力量，這發現令他驀然成長，成爲一個男人。

阿媽午睡之後，屋裏安靜下來，他帶她去到他的後山，小時候他的快樂天堂。童年時他逃學啦，和玩伴打架啦，

惹母親生氣啦，都會跑到這裏來躲藏。他爲她採了許多野薑花，告訴她，小時候與姐妹們常結成花冠戴在頭上，玩耍新娘的遊戲。他順手結了一個花冠，戴在她的頭上，她一身雲白的衣裙，眞的像一個新娘子。她乖乖地戴著花冠看著他，琉璃似的眼珠裏波光瀲灩，輕聲問：

「接下來呢？」

接下來呢？他從她身邊跳開，替她拍照。除此之外，他再沒有勇氣。

黃昏時，他帶她去到舅舅家的禽鳥園裏參觀，她被成雙成對的鴛鴦鳥所吸引，問他這是什麼鴨？「嘿！這可不是鴨喲，這是中國人很喜歡的鴛鴦。爲什麼喜歡牠們呢？因爲牠們是很有情感的一種鳥，牠們一輩子都相愛，不分離，如果有一隻死去了，另一隻也無法活下去的。」他努力向她解說。她想了想，認眞詢問鴛鴦的中文該怎麼說，練習了幾遍之後，她忽然對他說：「你是鴛鴦，我也是鴛鴦。」他聽著她說中文，完全失去反應能力，這兩個月來，她只會說幾個簡單的字詞，「不好」、「太貴」、「好熱」、「餓了」，可是，她現在忽然說了一連串的中文，而且是深具意義的中文，他呆的更厲害了。後來，一直到她離開，都沒再說過一句中文，他每次想起鴛鴦，就懷疑自己聽錯了。

直到他送她去搭飛機，她從背袋裏掏出日記本送給他，然後，緊緊地擁抱住他。他拆開包裝，翻開日記，全是德文，是他不認識的，讀不出的心意，他感到頹喪。忽然，他翻到了她畫的圖，兩隻鴛鴦鳥，親愛的依偎著，羽翅上寫著他和她的英文名字。他的胸中湧動撞擊，淚水就這麼倏忽而至。

等閒妨了繡功夫，笑問鴛鴦兩字怎生書。

南歌子

北宋 歐陽修

鳳髻金泥帶，龍紋玉掌梳。
去來窗下笑相扶。愛道畫眉深淺入時無？
弄筆偎人久，描花試手初。
等閒妨了繡功夫。笑問鴛鴦兩字怎生書？

詞場曼話

歐陽修（西元1007～1072年）自幼貧而好學，由母親鄭氏以蘆荻畫地學習認字的啓蒙經歷，更是大家都熟知的故事。歐陽修是宋代古文運動的領導者，位高權重，對於提攜後來者不遺餘力，很具有知識分子的風範。他的詩作一洗華豔，親切自然；他的詞作卻繼承著五代詞風，表現出幽香細膩的情調。像是〈踏莎行〉的「離愁漸遠漸無窮，迢迢不斷如春水」；〈蝶戀花〉的「淚眼問花花不語，亂紅飛過鞦韆去」；〈玉樓春〉的「人生自是有情癡，此恨不關風與月」，都寫得委婉纏綿，情韻無窮。然而，當時與後代的人們尊崇他爲一代儒宗，竟不能接受他這樣的言情風格，斷定是他的仇家所僞作的，眞是一件煞風景的事。歐陽修儘管聲望極高，卻仍有他的風流韻事與私生活，這些詞作顯露出歐陽修的另外一面，也讓我們更感受到他的眞性情的可親可愛。

這闋〈南歌子〉將新婚期間的年輕夫妻的閨房之樂，勾劃的相當生動。新嫁娘早起之後，先將頭髮束成華麗服鳳鳥的樣子，再繫上金色的彩帶，並且將一柄雕刻著龍紋的玉掌梳，鬆鬆地攏在髮鬢。梳妝得異常明豔，卻又走到窗下偎進丈夫懷裏，愛嬌地教他看仔細，自己畫的眉色眉型是不是最時興的款式呢？兩人形影不離的一道寫字繡花，因爲不能專心的緣故，筆已拿在手中卻久久不能著墨，這是新嫁娘第一次展現自己的畫工與繡工，卻在兩情繾綣之間耽誤了下來。只見她又仰起頭來，滿面笑容地問著丈夫，那鴛鴦兩個字該怎麼寫啊？

愛戀中的兒女的嬌憨與情癡，於此表達得維妙維肖。滿懷情意的女子，哪兒是不知道鴛鴦怎麼寫啊？而是一種嬌癡的調情手法，自然而不矯飾的流露出來。常有人說在熱戀中的男男女女，總是不自覺的重覆著一些愚蠢的言語，並且樂此不疲。是啊，在戀愛的國度裏，精明或者果斷並無益於愛情，癡傻的單純與絕對的投入，才能令愛情發光，照亮我們的生命。

時光詞場

第一片

少年聽雨歌樓上，紅燭昏羅帳。

騎馬倚斜橋，
滿樓紅袖招。

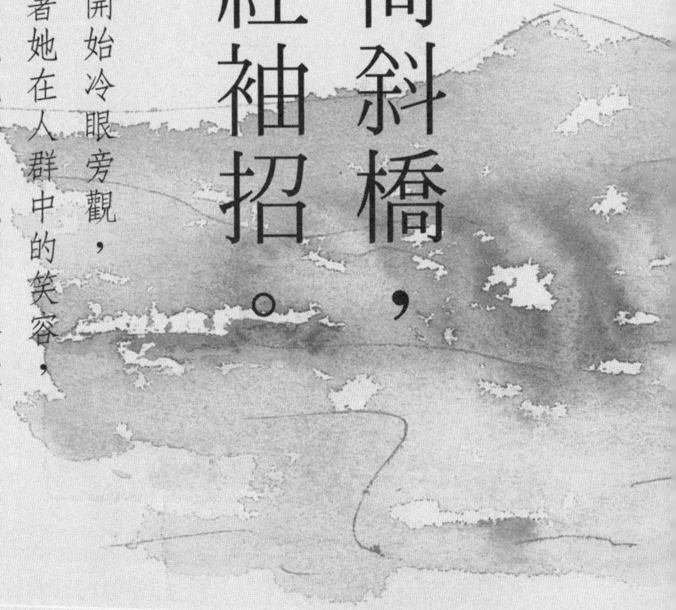

他開始冷眼旁觀，
看著她在人群中的笑容，
看著她擺弄著他們的喜憂，
隱隱然竟覺得一種
奇異的滿足。

他愛戀著她的時候，就知道她是一個非常沒有安全感的女孩，他對她的傾心，卻是因爲她的霸道。第一次見到她，有點驚懾於她眼中的狡獪篤定，她的眼神對他說：「你一定會愛上我的。」不是對於愛情的期盼；不是對於異性的挑逗，而是命令，命令他必須要愛上她。他果然接受了她愛的命令，雖然他聽過太多關於她的戀愛事蹟。

她的美麗與不安全感混合成一種危險的氣質，彷彿隨時會戕傷自己似的。即使有這麼多男生愛慕著她，即使他是如此篤定深沉的愛戀著她，她卻仍在自己的太空中懸浮著，與世隔絕。有時候，她又是那樣的憂傷脆弱，幸福與她並無關係。每天放學他都要送她回家去，有時她先下課，便在餐廳或是社團或是走廊上等候他。當他走向她，永遠看見她被男生圍繞著，他們討好地對她說話，她驕傲地蹙眉，或者仰頭大笑，頭部是那樣優美的線條。頭幾次他看著他們，全身著了火，狠狠地焚燒起來，又怒又痛。後來他發現妒嫉一點意義也沒有，他不能改變她吸引人的事實，於是，他開始冷眼旁觀，看著她在人群中的笑容，看著她擺弄著他們的喜憂，隱隱然竟覺得一種奇異的滿足。

「我看你眞的有病了！」幾個死黨受不了他的平和涵納：「拜託！你像個男人的樣子好不好啊？」

他覺得眞切的痛苦是她對他常常視而不見，好吧，有好幾回他狠下心，對自己狠心的決定，既然妳不在乎，就各走各的吧。他不再去找她，也不送她回家，反正她身邊的男生那麼多，她會找到人陪，她會找到人送的。他夥著幾個死黨去唱**KTV**；他把自己掛在網上，從夜裏到天亮，找人窮聊天；他約了同學打籃球；再去啤酒屋裏買醉，只是每次愈喝愈清醒，很想奔去她的身邊。

大約一個星期之後，他在籃球場上與死黨搶球，吆喝著長距離射球得分，忽然，他感到一些異樣，周遭的空氣都凝結了，回轉頭，她

就站在籃球場邊緣的鐵絲網外面，蒼白著臉，眼睛炙亮地盯著他看。她站在那裏，像一隻斷線風箏，下一刻就會飛走了。

他將球傳給身邊的人，向她走去，顧不得死黨們阻攔的叫聲，他就這麼走向她。隔著鐵絲網，他們面對面，她對他說：「你不送我，我都不知道怎麼回家了。」嬌癡的埋怨，他知道自己失敗了，他一籌莫展。

有一回社團的朋友們相約一起到山裏去，他注意到她特別留意一個並不熟識的男生，那男生是個轉學生，有一種與他們都不相似的神情氣宇。休息的時候，他問她要不要喝水？她心不在焉的搖頭。過了一會兒，他竟看見她走到正在喝水的轉學生那兒討水喝。轉學生微笑著，將剛剛對著瓶口喝過的水遞給她，他沒等到她喝水，就氣沖沖地走了。他一路往前走，把所有人都甩在後頭。他不明白她，雖然她曾說過，她只是覺得許多人很好玩，並不是認眞的。直到他累了，坐在路邊等大家，所有人都來了，包括那個轉學生，唯獨不見她。有人告訴他，她還在那裏等他。他往回頭路走去。

她在峽谷裏等他，站在懸崖邊緣的欄杆旁，上半身往下探，看起來岌岌可危。他出聲喚她，她轉頭望著他，臉色被水光映照得極瀲灩，眸子裏有著漾出來的魅惑，她說：「我以爲你不回來了。」他沒說話，積唐地朝她攤開手，緩緩走近她，他們沉默地聽著溪水湍急猛烈地擊打山谷的聲音。然後她說：「我就像山一樣，總在這裏，你卻像溪水，總會離開的。」他沒有和她爭辯，因爲她說的並不是眞的。

後來，他的世界裏出現另一個女孩，女孩顯然也聽聞過他的故事，每一次同他在一起，都充滿著溫柔的理解與憐惜。但，他並不愛女孩，他的心裏已經被愛的狂喜和痛楚充塞得滿滿的了。女孩說：「有些人因爲擁有太多愛，所以從不懂得珍惜眞正的情感。」他知道女孩想點醒他，但，他不想醒來。女孩說：「我相信情感可以培養，兩個人在一起久了就會有眞情。」他知道女孩想救贖他，但，他寧願沉淪。女孩只得離去了，他覺得無助，卻沒有阻攔。他只是恐懼，他的愛有沒有可能讓自己終將一無所有？

她完全漠視他的感覺，說了令他心碎的話，他霍然起身，甩上背包離去了。他決心就這麼結束，這已經是第七十八次了，他決定不再愛她，這一次是眞的，他一定可以辦到。走到十字路口，等紅燈，他站著，問自己：「她一個人，要怎麼回家呢？」綠燈亮起，他沒有過街。

他想起峽谷中她的譬喻，她果然是山谷，山谷始終在那裏，卻什麼也不做。他的確是溪流，奔騰著呼嘯著輾轉著，日夜不息的想要離開山谷，卻只是永遠不會成功的，練習。

騎馬倚斜橋，滿樓紅袖招。

菩薩蠻

唐 韋莊

如今卻憶江南樂，當時年少春衫薄。
騎馬倚斜橋，滿樓紅袖招。
翠屏金屈曲，醉入花叢宿。
此度見花枝，白頭誓不歸。

詞場曼話

韋莊（西元836～910年），是唐代詩人韋應物的第四世孫，才敏過人，勤奮好學。他生於唐代末期，赴長安應考時，曾親眼目睹黃巢之亂在京城的燒殺擄掠，並將社會離散的情狀寫成一千六百多字的敘事長詩〈秦婦吟〉，這首詩在當時相當著名，也為韋莊贏得了「秦婦吟秀才」的雅號。長安城覆亂之後，他避居江南十餘年，很為江南一帶的富庶繁華所吸引，於是走向了風流放蕩的生活。韋莊七十一歲那年，唐亡，王建稱帝為蜀，一切開國典章制度皆出於韋莊之手，他在前蜀位高權重，擔任宰相之職，直到七十五歲過世為止。

韋莊的詞通俗質樸，疏淡秀雅，是深諳白描藝術的作家。他在江南遊歷的日子，有許多情愛糾葛，或是婉轉情深的「琵琶金翠羽，絃上黃鶯語。勸我早還家，綠窗人似花。」〈菩薩蠻〉，或是追念悒怏的「不知魂已斷，空有夢相隨。除卻天邊月，沒人知。」〈女冠子〉，在這些抒情的詞作中，皆可見眞實的生活感受。如一系列的〈菩薩蠻〉裏，都是對於江南青春的戀慕與追憶，而「如今卻憶江南樂，當時年少春衫薄。騎馬倚斜橋，滿樓紅袖招」一闋，更是將年少時的風流自賞與江南旖旎風光，做出最生動的結合與呈現。

多年之後仍常常回憶起江南生活的快樂時光，特別是在自己年輕時放浪不羈的那些日子。春天剛剛來到，便已經迫不及待地換上一身輕便如薄霧似的衣裳，騎上駿馬斜斜地倚在橋邊，看著整條街的酒樓樂院，數不清多少美麗的女子，正張起蝴蝶一般繽紛的袖子，向我招呼著。打開了玉屏風與金角鍊，就這麼一重重地推門而入，酒醉之後自然是在美女的溫柔鄉中入眠的，只是啊，當時太過年輕，沒有意識到這是一種幸福。如今年華已老，竟又遇到了一位知情解意的紅粉知己，爲了珍惜這份情意，便是滿頭已然花白，也不肯離開此地，返回故鄉的。

「騎馬倚斜橋，滿樓紅袖招」，這兩句詞中有著鮮明如畫的色彩與動作，也反映其中人物的心態與情緒。

青春是驕傲的，受人愛慕更是驕傲的，既不向前也不往後，停在橋上的時光，只是想要享受更多被青睞與被重視的滋味。然而，在這耽美的時刻，猶豫之間，卻可能令多少眞情眞意悄然流逝？

時光詞場

第一片

少年聽雨歌樓上，紅燭昏羅帳。

日日思君不見君，共飲長江水。

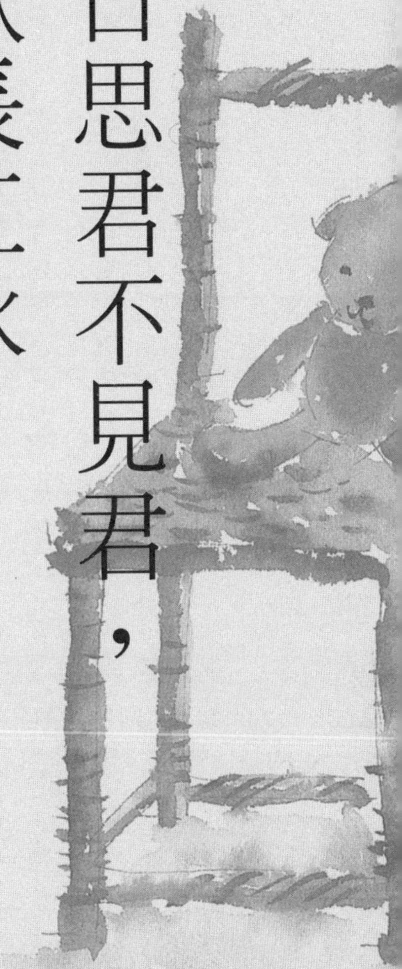

小男孩什麼時候離開的？
他找到父親和母親嗎？
他買了一個大房子嗎？
有些人就是不能住在一起的，
小男孩現在明白了嗎？

一隻花瓶在她面前墜落粉碎，她用盡所有氣力，大聲痛號，不是哭，而是號叫，像野獸那樣地原始，她崩潰了。那年只有十歲。

父母親的關係一直很緊張，她常常看著他們關上房門，獃在房裏很久，門內隱隱約約傳出尖銳的咆哮與爭執。她不願想像，那些影像卻不斷在腦中播放，父母親憤怒的向彼此吐出最惡毒的話。他們應該要分開了吧？他們爲什麼還不分開呢？他們是這樣的痛恨彼此。可是，下一刻，房門打開，她看見的是穿戴整齊的父母親，他們像一對恩愛夫妻般的出現在她眼前，他們臉上甚至還帶著光采的笑容，準備連袂去參加晚宴或者應酬。她覺得很錯亂，到底什麼才是眞的？什麼又是幻覺與假象呢？

有段時間獨居的祖母來和他們同住，祖母是個罕言寡語的老婦人，卻常常在廚房裏製作小糕點給孫女吃。一個深夜，她忽然從夢中醒來，赤著腳奔向父母房裏，房門緊閉，她聽見一聲高過一聲的喧嘩，夾雜著啜泣，她在走廊蹲下，下巴安放在小小的膝頭，等待著不知是什麼的等待。祖母輕悄地來到她身邊，也蹲下，安靜地。她轉頭問祖母：「他們在吵架。是不是？他們總在吵架……」祖母不說話，輕輕擁抱住她，輕輕在她耳邊哼唱起一首歌來。那夜，她隨著祖母回房，就睡在祖母身邊。祖母後來因爲母親的緣故又搬走了，不久之後心臟病發去世，喪事還沒辦好，父母親就起了爭執，這一次，他們沒有避開她，從動口到動手，一隻花瓶在她面前爆裂粉碎，她就崩潰了。

她被送到山上的茶園去住了半年。茶山老奶奶是祖母的手帕交，允諾父親會好好的照顧她。上山以後，她就不再開口說話了。不管茶山老奶奶怎麼哄；茶山伯伯和伯母怎麼勸，她緊緊閉著薄薄的嘴唇，就是不說話。

茶山上幾個較大的孩子都去城裏唸書了，只有一個小男孩，比她還小兩歲，母親跑了，父親進城去了，他有一雙晶亮的黑眼眸。當她在茶園裏住下的第一天晚上，小男孩就來敲她的房門，她從榻榻米上翻身起來，打開繪著綠竹圖案的拉門。小男孩穿著睡衣，身上有肥皂的淡淡香氣，他將一隻舊舊的毛毛熊塞給她：「這個給妳。這是大姊姊送給我的，讓牠陪妳睡覺。」她不動也不接，小男孩遲疑了一下，收回毛毛熊跑走了。她呆呆地，正準備關上門，小男孩又跑回來了，這一回，他抱著一條淺藍色的薄毯子，氣喘噓噓地：「這個，這個借妳好了，這是我媽媽給我的哦。」她看著小男孩，搖搖頭，輕輕拉上門，躺回自己的枕頭，真切的感受到，已經離開家了，和小男孩一樣，沒有父親，也沒有母親了。

秋天的晴空下，她一個人從房子裏溜出來，走進茶園濃密深處，望著山下的城市，錯落的高樓大廈，她知道自己的家在那裏，但是不能回去，雖然，她只是個十歲的小女孩，卻有了龐大的寂寞與憂傷。她蜷起身子，開始哼唱著祖母的歌，感覺著祖母環抱她的安全與溫暖。她是如此安靜，所以大半天的失蹤，並不會引起忙碌的大人的注意。可是，常常，她的身後會跟著一個更小的孩子，是那個小男孩。男孩跟她一段路，然後，在離她不遠的地方蹲下。風捲過女孩的裙角；又捲過男孩的衣袖，吹動著茶山的枝葉，發出咻咻的聲響。

「我可不可以？」男孩一邊蹲著移動一邊問：「蹲在妳旁邊？」

她轉頭時發現，他已經靠著她蹲好了，還咧著嘴笑，缺一顆門牙。

「妳在這裏幹嘛呀？」

「唱歌。」她沒好氣的。

「哦。」他點頭，乖乖的蹲著。

「你在這裏幹嘛呀？」她忍不住了。

「聽妳唱歌呀。」他還是乖乖的。

只有小男孩聽過她說話，只有小男孩可以與她交談。她後來被接回家，父親帶她到日本去，她在那裏成長，漸漸忘記了童年的傷痛。長大以後，她回台灣，打聽到茶園已經賣了，茶山上的一家人都搬走了。但是，她始終記得那些在山上唱歌的日子，每一次遇到生命中的挫折痛苦，她總要開車上山，所幸茶山依然，她像小時候一樣，蜷坐著吹吹風，輕輕唱起歌來。

「我可不可以，蹲在妳旁邊？」有一次，她在陽光照射得恍惚的片刻，聽見有人這樣問。她轉頭，看見那個小男孩，一雙黑亮的眼眸，抱一隻頭部即將折斷的毛毛熊，正笑著問她，笑起來可以看見缺牙。她溫柔地拍拍身邊的草地，讓他捱著自己坐下來。

「等我長大以後，就要到城裏去，找到我爸和我媽，然後買一個大房子，讓他們住在裏面，妳也住在裏面，好不好？」

她的眼睛潤濕了，明明是多年以前說的話，卻令此刻的她哭泣起來。當年她離開之後，小男孩還來這裏嗎？小男孩孤單的時候，會唱起她教他的歌嗎？小男孩什麼時候離開的？他找到父親和母親嗎？他買了一個大房子嗎？有些人就是不能住在一起的，小男孩現在明白了嗎？這座小小的茶山，她一遍又一遍的來到，只爲了感覺身邊有個永恆的小男孩，忠實的陪伴。

卜算子

北宋　李之儀

我住長江頭，君住長江尾。
日日思君不見君，共飲長江水。
此水幾時休，此恨何時已。
只願君心似我心，定不負相思意。

詞場曼話

李之儀（西元1037～1117年），他曾任蘇東坡的幕僚，並以弟子之禮事東坡，然而，他的詞作卻沒有受到東坡的影響，反而是更接近於柳永的市井趣味與纏綿情思。像是〈謝池春〉中的：「不見又相思，見了還依舊。爲問頻相見，何似長相守？天不老，人未偶。且將此恨，分付庭前柳」，便將相思之中難以掙脫的苦楚，形容得入木三分。有趣的是蘇東坡對於弟子們學習柳永的詞風，一向不以爲然，卻對李之儀的詩詞表現出讚賞之意。他曾在一個寧靜之夜，讀了李之儀的百多首詩，直到深夜，欲罷不能，並寫出了「暫借好詩消永夜，每逢佳處輒參禪」的句子。或許因爲東坡瞭解這樣的作品，正眞實的呈現出作家的性格與稟賦吧。像是〈卜算子〉這闋詞，便更接近於民歌的精神，復疊回環，深婉含蘊，吟詠之時，如此親切有味。

這闋詞是模擬一個年輕女子的口吻而作的，可以聽見女子的深情相思，也可以感受到對於分離的瞭然於心：我住在長江的上游，你卻住在長江的下游，隔著如此漫浩的距離啊，我的不能收束的情意，就這樣湯湯如江水般，向你淌流而去。每日每夜我思念著你卻不能相見，然而，我們所飲用的同樣是這條長江的流水。這江水要流到哪一天才停止？我倆分離的遺憾要到哪一天才能終止？只盼望你的執著也能如同我的堅心，那麼，我們都不會辜負了彼此深切的相思與情意的。

「日日思君不見君，共飲長江水」，這是最被人稱道的絕妙好詞，好在它既不艱澀，又相當口語化。思念之情不管再炙熱熬煎，都是無形的，難以描摹，共飲長江水的意象，卻將這種連繫，變得具體可見了。這種共在一個天宇之下，共在一場雨裏，共在風吹陽光的感覺，便是不得不分離的有情人們，最妥貼的安慰了。如此一來，思念的情緒也就獲得了提昇與淨化。

時光詞場

第一片

少年聽雨歌樓上，紅燭昏羅帳。

瘦應緣此瘦，
羞亦爲郎羞。

他就在她的世界邊緣發著光亮，
旋轉著靠近來，
又旋轉著消失了。
她的整顆心虛懸著，
很像那些乒乓球，跳啊跳的，
總進不了玻璃缸。

當夜市場的燈光在黃昏裏一齊點亮的時候，她的精神總會振奮起來，雖然，這樣的景色已經看過二十年了。幼年時她就同父母親到這裏來擺攤子，父親擺的是跳跳球，一大片小小的玻璃魚缸排列開來，客人們將一籃乒乓球投進缸裏，並隨著球數多寡換取禮物，那時候最多的可以換到一包洋煙，如果只有一球投進就換一個橡皮擦。這個古老的傳統夜市是鎮上的重要觀光點，有射箭、射汽球、小鋼珠和撈金魚的各式攤子，父母親忙的時候就給她一只魚缸和幾塊零錢，教她去撈魚攤那兒打發時間。她有時在自家攤上瞌睡著，似夢似醒之間看見所有的玻璃魚缸裏都盛著金魚，各種顏色的魚兒拖著晚禮服似的長尾巴，自在的嬉游著，於是，她就在夢裏微笑起來了。

她在攤子上小學畢業，中學畢業，母親病了，她沒有再升學，和父親一起照顧攤子。每天下午，她就和父親把棚子撐起來，細心擦拭每一只玻璃缸，點數籃子裏的乒乓球，等著天漸漸黑了，人潮緩緩聚攏，然後，夜市裏的燈忽地一起燃亮。她便下意識地望向遠方入口，等待那個她每天都要等著的男孩。

男孩第一次出現時，他們都只是十幾歲的少年，男孩不經意投進許多球，只是挑禮物的時候很費了一番功夫，她後來才知道那是因爲男孩家境富裕，那些粗糙的玩意兒，他根本挑不上。男孩每次來都夥著同伴，一群人吵吵鬧鬧地，她安靜地將球籃遞上，安靜地退到一旁，有時候他抬眼看看她，就能讓她心跳好久。那一次，下過雨的夜市場顯得冷清，男孩一個人來的，他沉著臉買下好幾籃乒乓球，卻連一球也沒投進，他用力地投擲著，過度專注的動作，彷彿與人有著深深怨仇。當他轉身走開的時候，她看見他臂上繫著的麻蝴蝶，原來如此。是父親還是母親呢？她的母親也在不久前過世了，她懂得那種絕望與悲哀，一瞬間，她忽然覺得自己與他是同命的，如此親近。

男孩考上大學了，離開故鄉到城市裏，只在假日歸來，仍然帶一群男生女生到夜市狂歡。那些男生女生的穿著打扮都很時髦，他們的出現總令她自慚形穢，他的出現又令她歡喜得不知所以。她找錯錢，算錯球，迷迷糊糊地。父親會悄悄靠近，提醒她專心點。她怎麼能專心呢？就算專心又能做什麼呢？他就在她的世界邊緣發著光亮，旋轉著靠近來，又旋轉著消失了。她的整顆心虛懸著，很像那些乒乓球，跳啊跳的，總進不了玻璃缸。

但，那一刻終於來了。她看見他攬著一個漂亮女孩走過來，只有他們兩個人，沒有嬉鬧，也不喧嘩，她的心忽地直直落下，不是落進玻璃缸，而是暗黑不可測的深淵。經過許多年，他們的禮物已經換成皮卡丘、**Kitty**貓，還有各種顏色和造型的充氣玩具，以吸引小朋友和女性顧客。果然，女孩看見那個大型的充氣**Kitty**貓游泳圈的時候，整張臉都煥發著光采。

「我要那個，人家要那個啦！」女孩膩著他，長髮繾綣在他的胸

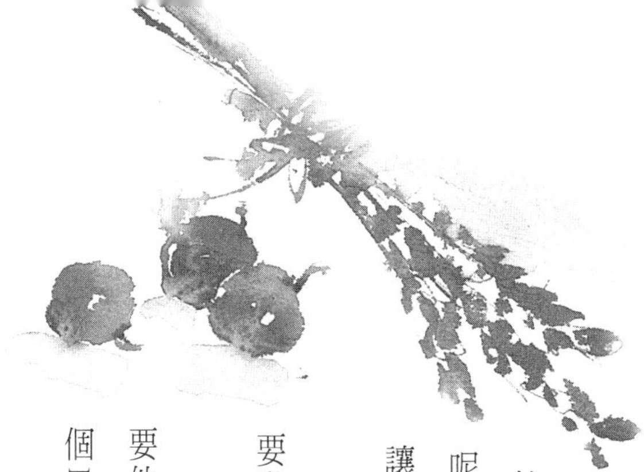

前。

她的臉刷白，接過他遞來的錢，竟抑止不住微微顫抖。他接住她捧來的四籃乒乓球時，有些詫異地看了看她。

那天他的手氣並不好，或許因爲女孩黏得太緊了，常常令他分神。乒乓球彈在玻璃缸邊緣，無助地四散彈跳，她不斷地俯身追撿，撿到了就扔進他的籃子裏。她自己也不明白，到底在做什麼呢？她想讓女孩得到那個Kitty貓，或許可以看見他的笑容；她不想讓他離開這個攤子，恐怕他永遠不會再來了。

「嘿！」他忽然喚住她，看著她的眼眸黑得燦亮：「妳就站著不要動，妳站在我身邊，我的運氣才會好。」

她再也走不動了，她想站著，站到天荒地老，就站在他身邊，只要他給她一個站在身邊的位置。她就這樣站著，看著他爲女孩得到那個Kitty貓，看著他們歡喜地扛著Kitty貓走開，看著自己無可挽救的陷落在愛的憂傷裏面，也看清楚了自己與他就像天上的流雲與海裏的珊瑚，絕無相戀的可能。

只要夜市的燈一點燃，她就會習慣性地望向遠方，但，並沒有望見她想望見的。有一次，她作了一個夢，夢見少年的他到攤子上來找她，問她願不願意陪他去參加舞會？她快樂極了，也驚惶極了，她說她願意，可是，她沒有合適的衣裳穿。他彎下身從小小的玻璃缸中拉出一件美麗的禮服，告訴她禮服一直在這裏，只是她沒有發現。

她將禮服緊緊擁在胸前，無比愉悅地微笑了，正像童年那一次，見到所有玻璃缸都盛著金魚時，那樣心滿意足的微笑。

瘦應緣此瘦，羞亦為郎羞。

臨江仙

南宋　史達祖

愁與西風應有約，年年同赴清秋。
舊遊簾幕記揚州。一燈人著夢，雙燕月當樓。
羅帶鴛鴦塵暗澹，更須整頓風流。
天涯萬一見溫柔。瘦應緣此瘦，羞亦為郎羞。

詞場曼話

史達祖（西元1160～1210年）曾被南宋主戰派的韓侂胄所倚重，前途不可限量，然而，隨著在上位者的心緒轉變，韓侂胄獲罪，史達祖也遭到黥面的刑罰。他的際遇，很能反應出文人在亂世中有志難伸的莫可奈何，彷彿也預示了偏安朝廷終將滅亡的可悲命運。史達祖才思敏捷，不僅能在政壇受人矚目，在詞的藝術表現上也很精彩。他的那些詠物詞尤其清新可喜，像是詠春雨的〈綺羅香〉：「做冷欺花，將煙困柳，千里偷催春暮」；詠燕子的〈雙雙燕〉：「芳徑，芹泥雨潤。愛貼地爭飛，競誇輕俊」等等，都表現出細膩宛如工筆畫的優美情調。至於這闋〈臨江仙〉更是婉約派的餘風，將一位女子既爲情苦又爲情癡的樣貌，鮮活地描摹出來。

這因愛與思念而引發的愁緒，好像和西風約好了一般，每一年的秋天總是一同到來。舊日曾經到簾幕重重，風光旖旎的揚州城的回憶，依然清晰。一盞燈火，溫柔地將人帶入夢中，夢見了相逢。一雙燕子，輕巧的翩翩飛越畫樓，在明月照射中惆悵的醒來。繫住相思的羅帶上，繡著的鴛鴦曾經那樣鮮豔，如今卻已蒙塵，在時光中漸漸黯淡了。儘管憔悴了容顏，卻仍努力打起精神，想讓自己的風采如昔。天涯海角，料不準會在何時何地相逢，假若眞有重逢的一天，情人便會明瞭，所有的消瘦都是因爲思念的緣故；所有的自慚形穢也是因爲情人的緣故啊。

年輕的時候，人們如此勇敢的投入在愛情中，沒有什麼比戀愛更神聖、更重要的

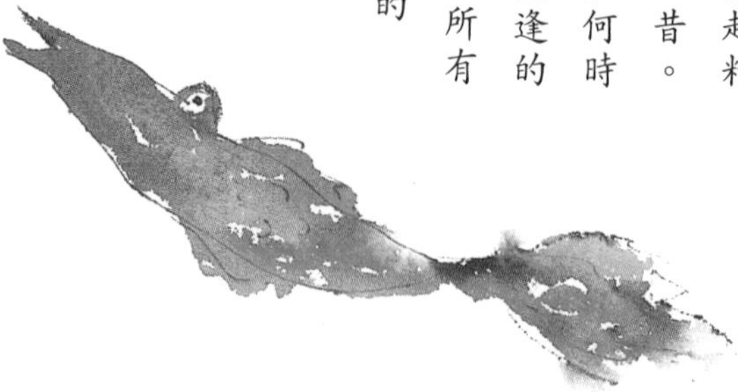

瘦應緣此瘦，羞亦為郎羞。

事了。正因爲這樣的專心誠意，有了歡喜也有了憂傷，有了盼望也有了恐懼。我們擔心自己的形貌不夠美好，自己的家世難以匹配。有些敏感的人，因爲愛的緣故，忽然覺得全身洞明，隨時可能被對方看穿，於是企盼一種深沉的瞭解。可惜，多半的戀人在相愛的時刻，都不夠瞭解，瞭解了反而選擇離別。咀嚼最初的愛戀滋味，我們發現在患得患失中，擁有的是最珍貴的學習。

時光詞場

第一片

少年聽雨歌樓上，紅燭昏羅帳。

嬌癡不怕人猜，
和衣睡倒人懷。

她想起自己被毛毯溫柔包裹；
想起那些被自己乾燥掛起的紫玫瑰；
想起秋秋笑得好開心地說，
我們是同鄉耶，
她如此如此的想念秋秋。

她一進大學就遇見秋秋，或許應該說是秋秋刻意要認識她。

新生訓練那天，秋秋穿著短褲和夾腳拖鞋，晃到她身邊，叫著她的名字，笑容滿面的說：「我們是同鄉耶！好巧吧？」她有些僵硬的點點頭，不習慣這樣的招呼方式，好像已經很熟了似的，其實，根本是第一次見面。「我叫秋秋哦。妳可以叫我秋秋，我們是同鄉耶！」秋秋一邊往後退一邊說，撞到了人，狼狽地向人道歉，卻仍捨不得把眼睛從她身上收回。她的臉忽然紅了起來，在心裏罵自己神經。

上體育課時如果下雨，老師就教他們圍坐在一起聊天，互相介紹，彼此認識。有時候可以問其他同學一些問題，那一陣子的雨特別多，他們聊的天比打的球和跑的步還多。有一回又是下雨天，大家親愛精誠似的坐在一處。那天的秋秋盯著她，不懷好意的笑，她已感覺不妙，果然秋秋問她：「妳在談戀愛嗎？有男朋友嗎？」其他的人都笑著喧嘩起來了，紛紛取笑秋秋別有用心。「對啊，我就是關心她，怎樣？」秋秋抬起下巴，理直氣壯的。她瞄了一眼，已經懷孕的老師正在打盹，並不能替她解圍。「我只想知道，我有沒有機會，如此而已。」秋秋輕聲但是眞摯地說。喧嘩聲忽然靜寂下來，大家恐怕都被嚇到了，就像她一樣。秋秋的身子挺直，無所畏懼，她有些被震懾了，說不上來是因爲什麼。過了好一會兒，她才找回自己的聲音，僵著脖子，很困難的說：「這是，我的秘密。」

秋秋原來是同性戀。這秘密被炒爆了，迅速在校園漫延開來，大家帶著豔羨又好奇的眼光看著她，看著她們何時才會手牽手一起出現。秋秋是個很出色的女生，只是不重打扮，那雙長腿不管穿短褲或者穿牛仔褲，都煥發著強烈吸引力，吸引著男生也吸引女生。秋秋大大方方展開追求，每天送一枝長莖紫玫瑰到她的教室去，有時候甚至委託教授幫忙送花。搞不清楚狀況的老教授，拿著一枝玫瑰，在講台上叫她的名字，很善解人意的問：「過生日啊？生日快樂！」同學們笑得不亦樂乎，一起叫著生日快樂。她就這麼莫名其妙的過了許多生日，好幾次她都有衝動，想教秋秋停止。但，她其實根本找不到秋秋，而且，她也不敢面對秋秋，她還沒找出一種恰當的態度。是的，態度，態度是很重要的，不是嗎？

冬天到來時，她兼了好幾份家教的工作，爲自己賺取下學期的生活費，這是她和家裏的協議，家裏並沒有供她唸大學的預算，她必須要靠自己。她有時候甚至一個晚上趕兩場，寒流中抖瑟著在站牌下等車。秋秋的機車在她面前停下，全罩型的安全帽上被燈光照得燦燦閃亮，像許多小星星，脫下安全帽，她看見最亮的兩顆星子，是秋秋漾漾地眼眸：「我送妳，上車吧。」她環抱住自己的身體，拿不定主意，不知道應不應該上車。秋秋逕自下車，取出一條毛毯，裹起她：「上車吧，妳快凍斃了。」她裹著秋秋的毯子，只好上了秋秋的車。

在秋秋背後，她問：「妳爲什麼……」她想知道秋秋爲什麼送花？爲什麼來接她？爲什麼對她這麼好？可是，她其實都知道是爲什麼，又何必多此一問呢？只是忽然覺得很哀傷，自己也不明白爲什麼這麼哀傷？

「別上這麼多課，妳吃不消的。」下車的時候秋秋說。「我需要工作啊！我不像妳，妳很有錢，妳想做什麼都可以。我們不一樣的，妳明白嗎？」她忽然憤怒起來，對著秋秋發洩，好像她等著這個機會已經很久了。

她扔下秋秋一個人，在夜的街頭。一個多禮拜之後，秋秋的好友來找她，告訴她秋秋整天耽在PUB喝酒，狀況很糟。「爲什麼來找我？」她的臉色緊繃，彷彿仍在生氣似的。朋友說，大家都知道只有她可以令秋秋振奮，也只有她會令秋秋痛苦沉淪。當那朋友第二次來找她的時候，她同意去看秋秋。同時她才知道，秋秋每夜都在PUB當調酒師，唸高中時便已經自給自足了。朋友又說秋秋並不是隨便的人，大家都是第一次看見秋秋這麼認眞。

那家PUB在地下室，燈光詭譎，煙霧繚繞，音樂聲震耳欲聾，許多人瘋狂地在舞池中擺動身軀，有一群人不停的搖頭，像是上緊了發條似的。「搖頭丸啦！」朋友對她說，她一向只是聽說，這還是頭一回看見。朋友拉著她在吧台前坐下，秋秋正像舞蹈似的揮動著調酒器，忽然凝凍住，轉頭問朋友：「帶她來幹嘛呀？」「妳來我不能來嗎？」她搶著回答：「我要喝酒。」秋秋一言不發，從吧台出來，握著她的手腕，將她帶出PUB，靠在牆邊，她們對看著，沒有說話。「爲什麼要來？」秋秋悶悶的問。「想知道妳在幹嘛呀。」她說。秋秋的背脊貼靠在牆壁上，雙手插在皮褲口袋裏，像噴吐煙霧似的問：「何必呢？我們是不一樣的人。」「可是，我不想看見妳抽煙、喝酒、吃搖頭丸！」「我沒吃搖頭丸，從來也沒有！我不要給妳理由拒絕我。儘管妳終究是要拒絕我的……」

「爲什麼？爲什麼是我？」當她問這個問題的時候，淚水滾滾而下了。「我也不明白，愛上一個人是找不到任何理由的。我也不想這

樣爲難妳，爲難我自己。」秋秋替她拭淚，然而自己的眼眶也紅了。

「那，我們能不能成爲朋友？只是朋友？讓我們，我們重新開始，好不好？」她要求著。秋秋應允了她，應允試著與她做朋友，應允不去打擾她，應允一切她所期望的。然而，她很少很少看見秋秋了。

春假時候，她回家去了，正和弟弟下棋，忽然看見電視新聞播出警方取締一家販賣搖頭丸的PUB，她看見許多人被揪住，看見酒瓶與警棍齊飛，她的心臟猛地捶擂著，會不會……她一刻也停不住，立即奔往火車站。坐上夜車，看著深夜裏的平原，這也是秋秋慣常見到的風景吧？她們來自同一個地方，卻爲什麼要隔得如此蒼茫？她想起自己被毛毯溫柔包裹；想起那些乾燥懸掛起來的紫玫瑰；想起秋秋閃著亮光的眼睛，黯然的說著，我也不想這樣爲難我自己啊……她如此如此的想念秋秋。她知道，從此以後，再沒有什麼可以阻攔她了，其實，從她第一次臉紅的時候，就已經知道了。

嬌癡不怕人猜，和衣睡倒人懷。

清平樂

宋　朱淑貞

惱煙撩霧，留我須臾住。
攜手藕花湖上路，一霎黃梅細雨。
嬌癡不怕人猜，和衣睡倒人懷。
最是分攜時候，歸來懶傍妝台。

詞場曼話

朱淑貞（生卒年不詳），約是南宋時的女詞人，自幼便顯出不凡的才情，喜愛讀書，據說在當時堪稱爲才貌雙全的女子。可惜，她嫁了一位不能解情識意的庸碌男子爲妻，婚姻生活的不愜意，使她的詩詞都滿溢出一股哀悽的情感。從她自號爲「幽棲居士」，就可以瞭解她的苦悶與抑鬱。有人將她的斷腸詞與李清照的漱玉詞遙遙相對，並稱雙絕。卻也有人批評她的詞深度不夠，在朱淑貞的時代，一個女人的發展與她的婚姻有著如此密切的關連，與其批評她的深度，不如檢討舊式社會中給予女人的空間與尊重是何等有限。淑貞的詞中常可見到精神上的孤絕與痛苦，像是「獨行獨坐，獨倡獨酬還獨臥」（減字木蘭花〉，兩句之中連用五個獨字，也將詞人的日常生活描繪出來，眞是無可消解的孤獨啊。這一闋夏日遊西湖的〈清平樂〉，反倒是少見的甜蜜歡樂了。但願這不只是詞人的想像之作，而是確曾發生在生活中的明亮片段。

與情人攜著手相約到湖上賞蓮花，卻逢著一陣黃梅雨，這雨來得全無道理，迎面而來的煙霧繚繞，固然遮斷了前行的路，卻也爲情人保留住更多相聚的時光。在躲雨的地方，就這麼大方的睡倒在情人懷中，對於情人的依戀已不想掩藏，也不願隱蔽，就這樣天眞的表現出來，不在乎旁人驚怪。最難的一刻是與情人分離時，如此難捨難分，回到自己的房裏仍有一種如夢似幻之感，慵懶地斜倚著妝台，回味著每一個令人難忘的細節。

「嬌癡不怕人猜，和衣睡倒人懷」，這兩句詞將青

春戀人坦然示愛的情態，描摹得如此生動可愛。我們常在校園裏或是公園裏或是任何一條街道上，看見相偎相抱在一起的情人，他們旁若無人的擁吻或者撫愛，令旁人覺得臉紅心跳，年紀更大的人甚至要掩面而過的。

但，他們只是在心旌蕩馳之際，就這麼直接而明確地表達出對於彼此的癡迷，甚或是愛的禮讚。對於青春戀人來說，這是再自然不過的事了。

西風。

第二片

壯年聽雨客舟中，江闊雲低斷雁叫

無可奈何花落去，似曾相識燕歸來。

欲買桂花同載酒，終不似，少年遊。

欲說還休，卻道天涼好個秋。

細看諸處好，人人道：柳腰身。

舊時天氣舊時衣，只有情懷，不似舊家時。

馬滑霜濃，不如休去，直是少人行。

回首向來蕭瑟處，歸去，也無風雨也無晴。

時光詞場

第二片

壯年聽雨客舟中，江闊雲低斷雁叫西風。

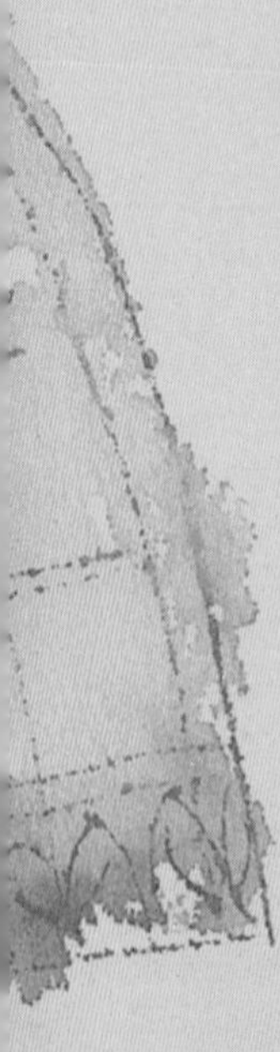

無可奈何花落去，
似曾相識燕歸來。

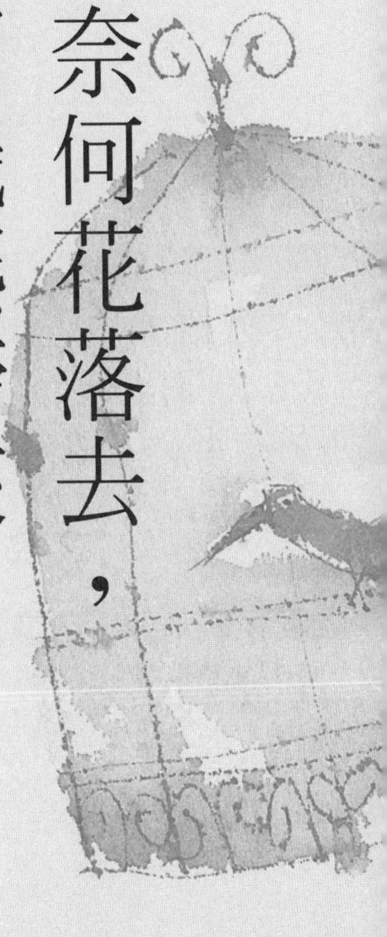

他彷彿看見陽光下
被釣起來的鱒魚，
鱗片閃動的痛苦和美麗。
就在此刻，
他終於理解了那樣的痛苦與美麗。

他從溽暑的夏日街道走進地產公司，爲的只是要找一個秋天來時可以安居的短暫租屋。他有些後悔，應該讓美國公司替他處理租房問題的，他原本以爲這是一件容易的事，然而，離開故鄉已經許多年，太多新建的高樓大廈迷障了他的眼，他根本失卻方向，像一隻囚禁過久忽然獲釋的鳥雀，無狀驚飛。他甚至開始懊惱自己答應這個差事，太過莽撞，他應該留在美國中部的小城裏，平日接送妻子和女兒上學上班，假日裏推著除草機想著冰啤酒，或者與鄰居結伴到溪邊垂釣。他實在不該爲了一個單人公寓在這裏奔波的。

地產公司聽說他只要租兩個月，又要傢俱齊全，交通方便，都失去了熱情，有人甚至建議他不如住飯店，反正公司會負擔。但，他很想要一個自己的居所的感覺，很久以前，他曾在這裏有過這樣的夢想，一個自己的房子和家人，這夢想並沒有實現。他在仲介面前坐下，確實有些疲憊了。「我有什麼可以幫你的？」一個女人的聲音，清泠而專業地。

他抬頭看見這個女人，呼吸忽然停止，接著便抽離出這裏，抽離出這座城，抽離出這個時空。他彷彿回到去年的滑雪場，小女兒穿著紅色雪衣，戴著彩色毛線帽，向他招手道：「嗨，爹地，我在這裏。」他彷彿回到幾年前的森林，大肚子的妻捧著許多松果，笑得瞇起眼睛。他彷彿看見陽光下被釣起來的鱒魚，鱗片閃動的痛苦和美麗。就在此刻，他終於理解了那樣的痛苦與美麗。這就是多年以前，碎成粉屑的夢想，夢想中令他憧憬幸福的女人。

女人依然美麗，歲月並沒有磨損她，看來，痛苦一直都只屬於他的。如果不是因爲他太累，如果不是因爲天太熱，他一定會拔腿就跑。然而，他卻鎮靜地坐著，等候她爲他尋找一個合適的房子，她手上有好多筆資料，他一筆一筆的挑剔、搖頭，連他自己也不明白，彷彿成心找她麻煩似的。忙碌一陣子之後，她闔上資料夾，看著他：

「明天你再來，我一定找到合適的。」還要不要再見面呢？這樣的重逢到底有什麼意義呢？他們曾經那樣相愛，卻因爲誤會而分手，他一直想挽回，知道她喜歡仿古鳥籠，特別去古董街找到一個，花去所有的積蓄買給她，送到她借住的姊姊家裏，鳥籠中並沒有鳥，而是一封情眞意切的信，請求她回到身邊，因爲他是如此深愛著她。她沒有答覆，飛去了加拿大，與所有人斷了訊息，或許，這就是她的答覆了。他於是申請學校，去了美國深造，接著結婚成家。這世界就是這樣，沒有了誰都還是一樣的運轉著。

她揭開窗簾，他看見遼闊的海景，這樣的高樓與窗景，這樣典雅溫暖的佈置，他不能再挑剔。事實上，這一切令他有一種似曾相識之感，沙發與地毯的色澤，餐桌擺放的位置，好像是他曾經住過的地方。「屋主正好秋天要離開兩個月，什麼傢俱都齊全，你如果喜歡就住下吧。」茶几上的百合花新鮮的吐納著，整個空間都是清香味。「竟然有這麼好的事？」他未置可否的在房裏走著，廳中的音響櫃子裏有他最喜歡的莫札特CD，還有他以前總抱怨買不起的《國家地理雜誌》，他推開半掩的房門，在臥室的窗前，看見那只掛著的仿古鳥籠，如今攀爬著柔軟的綠色植物。

「這是我的房子，三年前買下來的。按照我們當年想像過的樣子佈置成的。」女人緩緩說著，為他和自己倒一杯咖啡，在沙發上坐下。

「為什麼……」他有些恨自己，如此的辭不達意。

「那可能是我一生中最理想的生活狀態了，當年，和你在一起的時候。」她全然可以瞭解他那些想說而又說不出口的。

她告訴他，她在最絕望的情況下去了加拿大，姊姊與姊夫當時正在鬧彆扭，並沒有將鳥籠給她。等她三年後回來才看見那封信，卻已經失去他的消息。她悲哀的以為再也看不見他了，於是她將自己的房

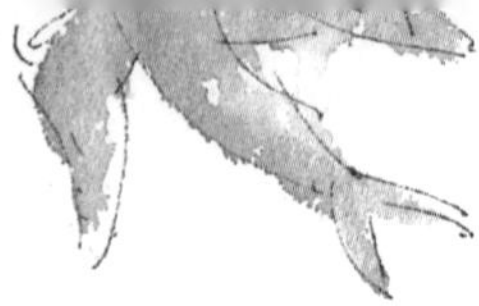

子裝潢成他們喜歡的樣子，想像著他其實是與她在一起的。暮色輕輕掩進來的時候，她微笑地看著他：「就像現在這個樣子。」

秋天，當他搬進來的時候，她並沒有像他盼望的在這裏等他，她留了一封信，告訴他自己去了加拿大，他可以安心住滿兩個月。「我想過要與你在一起，不管得付出多少代價。可是，我後來想想，就算有我們夢想的小屋與情愛，但，錯過的都不會再回來了。我們已經不是當年的你和我了，不再是了。」

她把信留在鳥籠裏，他伸手取出來，在似隱若現的百合香氣裏展讀，同時，清清楚楚地意識到，這一生她都不會再與他相見了。

無可奈何花落去，似曾相識燕歸來。

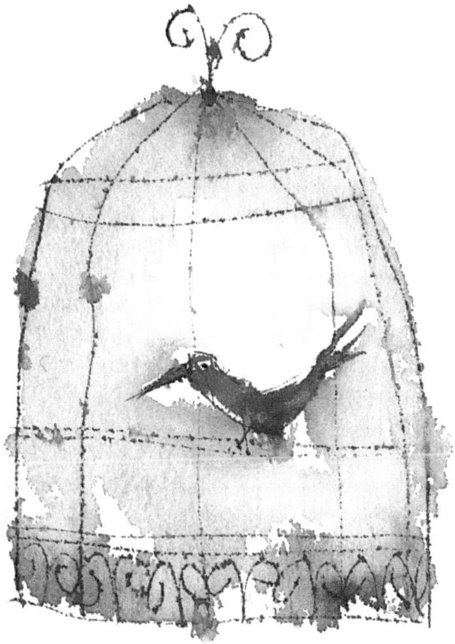

浣溪沙

北宋 晏殊

一曲新詞酒一杯，去年天氣舊亭台，
夕陽西下幾時迴。
無可奈何花落去，似曾相識燕歸來，
小園香徑獨徘徊。

詞場曼話

晏殊（西元991～1055年）七歲便能爲文，以神童身分被推薦給宋眞宗，與千餘名進士一同參加考試，小晏殊毫不畏怯疑懼，援筆立成。皇帝大爲賞識，賜同進士出身，後來官至宰相。他的文采贍麗，閑雅有情思，爲北宋初期重要詞家。晏殊爲官時期，有一次途經揚州前往杭州，在大明寺裏落腳歇息。當時寺中粉壁設有詩板，以供文人吟詩遣興，晏殊發現了江都縣尉王琪的詩作，精妙可人，便召來共餐，並對他說：「我習慣將想出來的句子寫在牆壁上，但，有些句子已經想了好久，都想不出好的對句，像是『無可奈何花落去』這句就是。」王琪隨口應答道：「似曾相識燕歸來。」晏殊聽了大爲歡喜，他後來塡了這闋〈浣溪沙〉，用了這兩句，又在詩作〈示張寺丞王校勘〉中再用一次，眞是欲罷不能。王琪也因此被請進晏殊幕府，得以封官晉爵，成爲一段佳話。

晏殊一生可謂榮貴平順，並未經歷太多坎坷波折，他的詞作便表現出悠遊從容的雍雅風度。聽一首新譜成的歌曲，飲一盅濃醇的好酒，在這樣的美好生活中，卻引起了對於往事的懷念，就是在去年的這個時節，同樣的不熱不冷的暮春天氣，連眼前的亭台樓閣都是一樣的，但，確實有什麼是不一樣的了。就像那夕陽沉落之後，到哪裏去了呢？想要找回去年的夕陽，根本是不可能的啊。花的凋零、春的消逝、時光的無聲流離，都是不能抗拒的自然法則。然而，那翩翩飛來的燕子，卻像是舊時相識的啊，只不過，也就是彷彿相識罷了。小園落英繽紛的花道上，行走時猶能揚起的香

氣裏，孤單的一個人徘徊著，懷想著那一切已經失去與註定要失去的美好時光。

「無可奈何花落去，似曾相識燕歸來」，這不僅是對仗工整而優美的兩句詞，也是人生道途中常會遇見的風景。我們總免不了要爲那些已經遠去的幸福感到惆悵，卻又不是徹底的失望，因爲那些熟悉的美好感覺偶爾仍會回來，敲醒我們的喜悅與期待。只是，這樣的安慰中又有著另一種悵惘，即使是似曾相識，卻再也不是當日的情境了。有些人低下頭看見了花落去，有些人抬起頭望見了燕歸來，詞人在香徑上獨步徘徊，思索的不也就是一種面對生活的態度嗎？你的選擇會是什麼呢？

時光詞場

第二片

壯年聽雨客舟中，江闊雲低斷雁叫西風。

欲買桂花同載酒，
終不似，少年遊。

亮川喜歡在月光很好的晚上，
越過木橋到他簡陋的租屋來聊天，
每次亮川來的時候
都要穿越一片小小的桂花林，
帶著幽幽的桂花香。

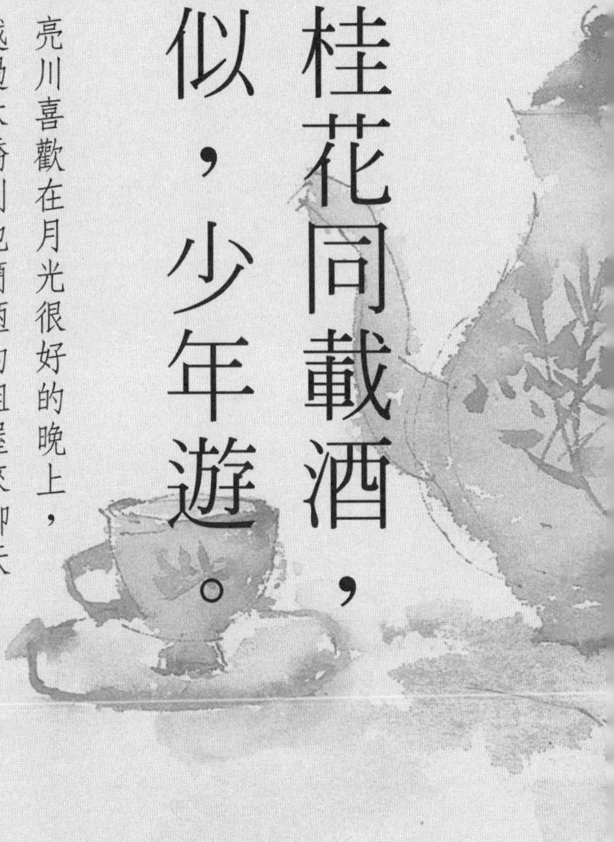

他從秘書手中接過電話，才忽然想起差點錯過的落成啓用典禮，從第一次被邀請，他就認爲自己絕不可能會忘記的，但，他還是忘了。「我的母校新建完成的游泳池，今天啓用，我捐了點錢，他們希望我能回去看看。」他從會議中離開，一邊囑咐司機到前門等候。忙碌，眞是個可怕的東西，它令人忽略掉一切與工作無關的東西，並且覺得那些事物一點也不重要。他常常保持著自覺，卻也不能避免被忙碌所驅迫。還記得那幾個女學生坐在他辦公室裏的侷促不安，她們是游泳校隊，連續兩年獲得校際比賽第二名，一直盼望校內游泳池的興建，偏偏碰到財務緊縮的問題，也不知是誰給了她們訊息，她們找上了他。

「聽說學長以前也是游泳健將，還救過人呢。所以，我們希望學長能幫助我們，把游泳池蓋好，說不定明年就能拿第一。」說話的短髮女生，眼睛閃閃發著光亮，有一種他熟悉的，無畏的熱情。

他常常捐獻許多公益活動，妻子也常參加義賣會，但，他沒想過要為母校做些什麼，事實上這些年來，他幾乎從不去回想大學生涯。他將這件事擱下來，不置可否，其實是想要不了了之。女生不斷寫信來，娓娓敘述著她們練習的狀況，邀請他回來給她們指導，他每次都不想拆信，卻還是忍不住讀完。半年後，他同意游泳池興建工程剩餘款項的全部捐助。

車子駛離市區，往草木蓊鬱的方向前行，一個轉彎，他看見那條溪。曾經，溪水湯湯，靠近的時候便能聽見湍急的奔流聲。風和日麗的溪水明媚，沙岸上的蘆葦搖搖，鷺鷥飛起來便是一首詩。每次一下雨，從山上傾洩而下的洪水，迅疾將溪變成怒河，很快地淹沒兩岸草澤。

「過癮！跳下去淌它一場才叫游泳。」他靠在岸邊看著溪水喝采。

「怎麼不跳啊？」一個並不認識的同學揶揄地。

他瞄了一眼，中等身材，黝黑膚色，就是其他人常提起的那個原住民同學，也是個游泳高手，好像叫做亮川。

他沒搭腔，轉身走開，你叫我跳我就跳，太便宜你了吧。

幾個月後，他正好路過溪邊，溪水猛漲，一對垂釣父子被困在沙洲上，父親被救上岸，兒子卻沖走了。岸邊有個人影倏地躍下去，翻騰兩下，抓住孩子的手，兩人卻離岸邊愈來愈遠。他猛吸一口氣便跳下去，使盡渾身氣力與怒河搏抗，這才知道不是過癮而是玩命。好不容易三個人都上了岸，連電視台記者也來訪問了，這可是那整個禮拜的大新聞，連素來對他不睬不理的校花也捎來了對他的欽佩之意。他包裹著毛巾，

被同學圍起來灌酒驅寒的時候，才看清楚比他先跳下水的就是亮川。「原來是你。」他把酒瓶遞過去。

「怎麼沒叫你跳，你倒跳了？」亮川似笑非笑地。

他抖著肩膀笑起來，亮川也笑，笑容特別樸摯。他們變成好友，雖然他病了半個月，亮川卻像個沒事人。後來他才知道，在山裏長大的亮川，從小就學會與山洪搏鬥，這已經是他第八次在水中救人了。「喝！你是九命怪貓啊！」他調侃亮川，並沒有料到這句話竟然一語成讖。

亮川喜歡在月光很好的晚上，越過木橋到他簡陋的租屋來聊天，每次亮川來的時候都要穿越一片小小的桂花林，帶著幽幽的桂花香。他們當時的夢想是找一票志同道合的組成游泳校隊，學校沒有泳池就在溪裏練習。學校以安全理由駁回他們的申請，那年秋天，颱風襲捲全島，山洪沖斷木橋，他和幾個室友被困在租屋中，絕糧兩天。他想過要游到對岸求救，試了幾次終於放棄了。第三天早晨，亮川背了泡麵和飲水泅在洪流中，他大聲喊叫，企圖阻止亮川，亮川總也不肯放棄，卻始終沒有上岸。

學校裏蓋起許多建築，溪邊也圍起欄柵，再不是他記憶中的景象了。游泳校隊排成兩列，很隆重地迎他入場，泳池中蓄滿淺藍色的水，漾漾地，他遙遠的夢想。校隊將他們剛剛贏得的冠軍獎牌套在他頸上，短髮女生用桂花編成一束，獻給他，說是學校後山採的。他平靜地接受著學生的感謝與祝福，就像一個事業有成的中年男人該有的風度。學生遞上剪刀，他剪斷紅緞帶，扯下游泳池的命名紅幛，然後，他看見拓印在那兒的幾個字，「亮川游泳池」。他的心緒忽然爆發如山洪，難抑悲傷，熱淚盈眶，宛如颱風雨中失去好友的那個哀慟青年。

離開的時候，他堅持獨自走過溪畔，一隻白鷺鷥低飛盤旋，他倚著欄杆，取下胸前的獎牌與手中的花束一起投入清淺水流，像完成了一場懸宕多年的盟約，他的腳步忽然顯得輕快了。

唐多令

南宋 劉過

蘆葉滿汀洲，寒沙帶淺流。二十年重過南樓。
柳下繫船猶未穩，能幾日，又中秋。
黃鶴斷磯頭，故人曾到否？舊江山渾是新愁。
欲買桂花同載酒，終不似，少年遊。

詞場漫話

劉過（西元1154～1206年）是一位愛國文人，他在偏安的南宋朝廷主張積極抗金，這樣的觀點不被在上位者認同，因此科舉考試出師不利，一再落榜。滿懷現世失落的情緒，加上國仇家恨難消，使他的詞中充滿抑鬱的感傷情調。除了沉著豪壯的風格，他也有些婉約柔情的小令，多是應歌妓之邀而作的，如〈醉太平〉的「思君憶君，魂牽夢縈。翠綃香煖雲屏，更那堪酒醒。」帶著五代旖旎風光與纏綿情愛。

他還填過一闋〈西江月〉爲韓侂胄祝壽，當時侂胄主事，力倡伐金，爲劉過與一般知識份子帶來新願景。「今日樓臺鼎鼐，明年帶礪山河。大家齊唱大風歌，不日四方來賀」，可以見出他是何等盼望著勝利凱旋歌。然而，一次又一次的希望落空了，青春壯志銷磨了，回首往日，徒然興起莫可奈何的惆悵情緒，於是，有了這闋〈唐多令〉。

在這沙洲岸邊，一層層飄盪著蘆花蘆草，深秋裏沙地顯得清冷，流水也變得清淺了。轉眼已過二十載，如今重到武昌黃鶴山上的安遠樓，面對的卻是這樣淒蕪的景象。將行船停泊在柳樹下尚未停穩，過不了幾天就又到中秋了，人生飄流際遇也是如此。黃鶴山到此而斷，只是剩水殘山，卻不知故人好友這些年來，可曾重遊？假若重遊，恐怕也會同樣對這舊有山河產生綿綿愁緒吧。很想振奮起來，鼓動歡欣的情緒，買叢暗香浮動的桂花，載著滿甕美酒，尋歡作樂。然而，面對著舊日景色，不得不慨嘆，無論如何都不能像年少的輕狂與歡樂了。

「欲買桂花同載酒，終

不似，少年遊」，短短三句，有情有景有慨嘆，烘托出一種人生意境。這意境是很中年的心情，年少時候雖有豪情，有高昂的遊興，卻不見得能夠隨心所欲。等到年紀大了，各方面條件都好了，有花有酒有閒暇，於是舊地重遊。可是，等到這時候才赫然發現，再喚不回的是年少的熱情與淋漓盡致。人生的情味大不相同，中年人成熟了，更懂得咀嚼生命的細緻，也更明白了那曾經擁有卻一去不回的珍貴記憶。

時光詞場

第二片

壯年聽雨客舟中，江闊雲低斷雁叫西風。

欲說還休，
卻道天涼好個秋。

當他的高音拔起，
微微顫顫，
將聽眾的心臟都揪起來，
溫柔的低音便是鬆弛的安慰，
人們發自內心的感覺愉悅了。

她在捷運月台上等車，首先看見一個捧著花的男人走來，在這陰濕的天候裏，那些明亮的紅玫瑰特別醒目。男人愈走愈近，她看著男人的面容，忽然心頭一緊，難道眞是他……男人也看見了她，臉上立即出現難以置信的神色。

「嗨！是你！好久不見。」兩人異口同聲的寒喧著。

只有一秒鐘，她的心中便充滿悔恨，早知道應該先去洗頭的，她的髮量少，到了該洗的時候總顯得特別塌扁。還有啊，今天不該穿絲襪的，走過潮濕的馬路，絲襪上的水痕很明顯。她將手上提的安親班黃色書包藏到身後去，她正要去接兒子放學，再將他送去學心算。她審視著他從容的上班族裝扮，許多年不見，他並不顯老，只是成熟許多。

「搭捷運啊？」他這句話問得多沒必要，難道是來搶捷運嗎？

「是啊，我可是捷運族呢。」她很親切地：「你也常搭捷運嗎？」

「不是的，是因爲下雨，路上塞得很厲害，我要送花去，所以，就搭捷運了。」

她當然知道他並不是花店的送花員，前些年她便聽說過，他的事業做得很成功。那麼，他親自送去的花，必然是送給一個心愛的女子的，她昇起一種朦朧而微妙的妒意。

「好漂亮的玫瑰。」她說。

他微微笑了，說出一句：「這是我買的。」

呼囉呼囉，捷運進站了，捲起一陣風，這風吹得她暈眩，瞬息間，那些前塵往事爭先恐後的回來了。

她曾經是那樣的驕傲，爲什麼竟會應允了他的追求呢？很多同學都不能瞭解，其實，都是因爲那場迎新晚會。她擔任司儀，穿著母親帶她去訂做的小禮服和高跟鞋，花了不少錢捲出的法國小捲盤在頭上，好友們都說，再加上皇冠一頂就成公主了。那一夜，她眞是出盡

風頭，連平日裏不苟言笑的老教授，都盯著她不放。然而，一身素樸衣衫的他走上台來，攜一支笛子，吹奏了幾首曲子。燈光集中在他身上，她的眼光集中在他的側臉，他看起來如此陶醉，旁若無人，輕輕闔上眼，時而蹙眉哀愁，時而舒眉微笑。悠揚動人的音符攫住所有人，台下靜寂無聲，當他的高音拔起，微微顫顫，將聽眾的心臟都揪起來，溫柔的低音便是鬆弛的安慰，人們發自內心的感覺愉悅了。掌聲響起，他彎身答謝，將笛子橫抱胸前，像一個巨星。她覺得他是如此高貴尊嚴，幾乎令她自慚形穢了。

然後，他們相戀了。當他第一次親吻她時，她幾乎要窒息，她夢想著、渴望著他的唇，那能夠令天地共鳴的唇，已經好久好久了。比起她的急切，他的態度遲緩得多，就像他一再表示的，他的經濟條件很差，並不能符合她的期望。她固執地：「我要的是你這個人，誰管你有錢沒錢！」他總是苦笑著，不再與她討論。每次到了放假時，他們便有些爭執，她要他陪著出去玩，他卻總有事。「你到底忙什麼？那些事比我還重要？」他被逼不過，便對她說：「是樂團要練習，我不能不去的。」她放他去，很不開心的。到了晚上，他便來找她，總帶著一枝花，有時候是百合，有時候是白玫瑰，有時候是一束滿天星，哄得她笑開了，卻仍有些抱怨：「老是這些拜拜的花，不能送人家紅玫瑰啊？」他靦腆或是爲難地笑著。她幻想著，現在的他雖然並沒什麼成就，將來有一天，他會成功的，變成世界有名的演奏家，帶著她環遊世界。沉浸在自己的想像中，她有時要求他帶她去樂團參觀，他總不肯，說是她不會喜歡那個地方，又說她會覺得很無聊。

「算了算了，我才懶得去呢。」她雖是這麼說了，卻有自己的主意。她跟蹤他去樂團，興味盎然地，提著一個生日蛋糕，連他自己都忘了，這天是他的生日。她也許可以要求樂團的團員們爲他演奏一首「生日快樂」，他該有多麼驚喜啊。她看著他下公車，一轉身走進一座中國式建築物，不會的，怎麼會呢？她看著他走進殯儀館，走進別人的告別式，坐在靈柩的旁邊，穿一身月白的衫子，吹奏起來。旁邊還有彈琵琶、拉二胡的，原來，這就是他的樂團。她坐在後面的座位，眼睜睜地參加了自己愛情的告別式。離開的時候，她撞倒一個花籃，看著散滾一地的滿天星與白玫瑰，終於知道那些花朵的來歷了。

不管他怎麼努力挽回，她只有冷冷一句：「我去了你的『樂團』了。」他不再說什麼，就這樣走出她的生活。

多年後的邂逅，他對她說「這些玫瑰是買的」，她能說什麼呢？她在現實的生活裏，有一個從不送花的丈夫，她後來常常懷念起的，正是那些百合。他們一起登上捷運，有一搭沒一搭的聊著，她不讓自己去想如果當年沒有分開會怎樣，甚至沒問他是否還吹笛子？他先下車，她叮嚀著：「秋天到了，多保重。」「妳也一樣。」他說。
捷運開動了，她看見車窗外他的身影，那曾經熟悉，此刻卻又無比遙遠的側臉。

醜奴兒

宋 辛棄疾

少年不識愁滋味，愛上層樓。
愛上層樓，為賦新詞強說愁。
而今識盡愁滋味，欲說還休。
欲說還休，卻道天涼好個秋。

詞場漫話

辛棄疾（西元1140～1207年），生於北宋末年，經歷靖康之難，二十一歲時投入農民抗金起義軍耿京麾下，爲他掌書記。棄疾二十三歲時，奉耿京之命朝見南宋高宗，而其部將張安國被金人收買，將耿京陰謀殺害，解散起義軍，並劫持一部分降金，被派爲濟州知州。棄疾從南方歸來，聞聽消息，隨即組織五十名忠義軍士直奔濟州，於五萬人中活捉張安國，綁縛馬上。當場號召上萬士兵往南方急馳，不飲不食，不眠不休，直到渡過淮水。高宗頗爲讚嘆，封棄疾官職，卻解散了那些胸懷壯志的起義軍，讓他們各自耕種。儘管棄疾三十歲時便發下豪語「以氣節自負，以功業自許」，卻從那時便已知道，收復失土的希望註定要落空了。他傳奇的一生，除了氣節與功名，除了鬱鬱不得志，還有許多膾炙人口的詞章，是繼蘇東坡之後最重要的豪放派詞人。氣魄極雄大，豪邁中更見精緻，被稱爲詞中之龍。

這闋〈醜奴兒〉是許多不識辛棄疾的人，也能朗朗上口的名作，將人生的滋味說得如此精確，而又如此通明。年少時候的我們，總是喜歡攀到更高的地方。攀到更高的樓層去，只是爲了作詩填詞時的情調，那時雖沒經歷過人生，卻總要將愁啊恨啊這樣的詞彙掛在嘴邊，彷彿生命也就添加了深度。等到經歷了歲月，明白了人生的悲喜與無奈，許多話想說卻又不必說了。那些想說而又不需要說出來的，正是大家都瞭然於心的吧，於是，只淡淡地說著，這樣的涼風與氣候，眞是怡人的秋天啊。

「欲說還休，卻道天涼好個秋」，是典型的中年心

情了。並不是無話可說，也不是沒有感受，而是那些經歷與體會，都變成自己的珍藏。過去的惆悵或者失望，痛苦或者飄泊，不就是人生的常態嗎？何必還要絮絮叨叨呢？過得去的，都已經過去了，人生行到此處，有了更多包容，也有了更多勇氣。於是，將眼光望向自然，這始終不改變的四季流轉，正是不可忽略的好時光啊。

時光詞場

第二片

壯年聽雨客舟中，江闊雲低斷雁叫西風。

細看諸處好，
人人道：柳腰身。

她憋了一肚子冤枉氣，
藉故和情人吵起來，
她說她恨現在的生活，
恨沒人喜歡她，
卻只是喜歡她的頭髮。

她和丈夫坐在靠窗的餐廳吃午飯，忽然聽見周圍的喧嘩聲，連侍者也騷動起來，嘩！拍廣告啊，看，那不是莫小味嗎？她從凱撒沙拉的新鮮翠綠中抬頭望向窗外，果然，一群扛著器材的工作人員，簇擁著當紅女星莫小味正越街而來，莫小味先前已經拍過好幾部洗髮精廣告，鏡頭前一次次將傲人的黑亮捲髮吹得老高，她因此留下深刻印象。

「喂！」她推推對面的丈夫：「莫小味哪，喂！你看啊！」

丈夫轉向窗，覷著眼睛，也不知道看沒看清，低下頭繼續切割盤中的帶血牛排：「怎麼這麼瘦？」口中嘟囔著，也不知道抱怨的是牛排還是莫小味。

她沒那麼好胃口，索性停下來，望著那些人將攝影機架起來，燈光就定位，反光板撐好，化妝師爲莫小味補好妝之後，在她的捲髮上噴上厚厚一層亮漆似的東西，莫小味的頭髮在陽光下奇異地閃耀起來。她看著，有些不可思議的驚詫，原來現在已經可以進步到這種地步了。當年，在她那個時代，可是要貨眞價實的。

從小她就是個醜小鴨，家族裏的嬸嬸們常常開玩笑似的取笑她：「將來要出嫁的時候，恐怕得把所有家產拿來當嫁妝哦。」她並不覺得這有什麼好笑。同學們要對她表示友善，也會脫口而出：「妳的背影眞的很引人遐思哦，尤其是那一頭長髮……」她並不覺得這算是一種稱讚。直到二十歲那年，她在電影街排隊買票時，遇見一位廣告導演，邀請她拍洗髮精廣告。她簡直快樂到要暈倒了，是她嗎？是她嗎？竟然會是她啊。她來不及問片酬，也不在乎工作天數，好幾天睡不著覺，打電話給南部的母親叫她趕快上來。那一天，一票同學和懷抱著星媽夢想的母親，陪著她一同去到片場，到了才發現，他們需要的只有她的背面，只有頭髮的特寫，她只是個出借頭髮的模特兒。

她不記得自己是怎麼拍完的，回到家裏與母親抱頭痛哭。哭自己竟然妄想醜小鴨可以變成天鵝，她把自己鎖在房裏哭了好幾天，最後決定去剪掉頭髮，剪得愈短愈好。

她一衝出門就與房東當兵的兒子撞個滿懷，這男人給她的印象是粗枝大葉，胃口奇佳。房東兒子先問她怎麼了，又問她要去哪裏，她自暴自棄的說了要去剪頭髮的事。那男人很眞摯的勸她：「不要吧。我聽人說，頭髮這麼漂亮的人，命都很好的。而且，妳很適合長頭髮嘛，就像是，就像是一個漂亮的人，穿著一件漂亮的衣裳，很好看的。」頭髮就像一件衣裳？她有一件上天賜予的美麗衣裳？她從沒聽過這樣的說法。於是，她留住自己的長髮，也爲那男人打開房門，只要他一放假，就鑽進她房裏。那年夏天，因爲上一支廣告效果很好，她繼續不斷的拍下去，把廣告費當作零用錢，收入倒也不錯。

有時候她覺得自己實在沒有什麼可以抱怨的了，她的情人比她還疼惜她的長髮，她洗頭其實很草率，情人要求替她洗，把白色泡沫高高堆起來像奶油蛋糕。她梳頭時一向沒什麼耐心，梳齒粗魯地撕裂著髮絲，有些自暴自棄的意味，情人用手指一遍遍替她梳通髮絲，類似按摩的呵護中，她常常就瞌睡了。她沒想過以後會不會與他共度一生，甚至不能分辨自己愛不愛他？「因爲他很愛我的頭髮啊。」和朋友提起來的時候，她自我解嘲地詮釋他們的關係，反正全世界都知道她有著美麗的好頭髮。

有家雜誌安排了她的訪問，訪問這個借髮模特兒，還拍了許多她的相片，出刊之前，廣告公司通知雜誌社撤下她的照片，因爲她現在出借頭髮給一位當紅女星，女星不想讓別人知道頭髮原來屬於另一個平凡的女人。

她憋了一肚子冤枉氣，藉故和情人吵起來，她說她恨現在的生活，恨沒人喜歡她，卻只是喜歡她的頭髮。「我並不稀罕妳的頭髮！」情人突然迸出這一句，也是氣急敗壞的。她哭著奪門而出，覺得異常絕望，他並不稀罕她，連她最美好的部分也不稀罕。

她在黑夜的城市裏遊蕩，走到腳腫了才不得不停下來，恰好停在一家高級俱樂部門口。她聽見爭吵聲，看見那個自覺很不平凡的女星與導演男友的爭執，他們激烈爭吵，當女星要上車的時候，頭髮被那男人猛力扯住，整個人向後傾倒。她在一旁看得驚心動魄，掩住嘴，也嚇下驚叫聲。那是個身價很高，備受愛寵的美麗女人啊，卻只換得這男人如此對待。

她才走進巷子，等在夜裏的情人就迎上來，將她抱個滿懷：「我不是這個意思，我是想要告訴妳，我喜歡的從來就不是妳的頭髮，是妳這個人，是妳的全部。妳明白不明白？」情人焦急的，語無倫次地。她攬住情人的頸子，像個小女孩似的哭起來，彷彿迷了好久的路，終於找回了家。

情人後來成了丈夫，她始終記得丈夫曾對她說，她的頭髮這樣好，一定是個好命的女人，後來她才明白，因爲他的愛，她果然成爲一個好命的女人。她看著窗外的莫小味，正在鏡頭前甩動像黑瀑又像藍寶石的長髮，她眞摯地祝福這個年輕女人，將來也能遇到一個眞正懂得愛的男人。

醉垂鞭

北宋 張先

雙蝶繡羅裙。東池宴，初相見。
朱粉不深勻，閒花淡淡春。
細看諸處好，人人道：柳腰身。
昨日亂山昏，來時衣上雲。

詞場曼話

張先（西元990～1078年），是一位長壽詞人，一生疏放浪漫，年少時與小尼姑偷偷約會，到了老年仍風韻未已，迎娶一妾，愛寵異常。他與晏殊、歐陽修、蘇軾、王安石等人常有交往，相互欣賞。東坡還曾因他老而不減風流，贈他一詩，有「詩人老去鶯鶯在，公子歸來燕燕忙」這樣的句子。他的詞作中，常可見到鋪寫都市生活中的繁華景象，以及男女感情生活。他的「三影」也是最著名的代表作，即「雲破月來花弄影」〈天仙子〉；「柳徑無人，墜輕絮無影」〈舟中聞雙琵琶〉；「嬌柔懶起，簾幙捲花影」〈歸朝歡〉，張先甚至自稱爲「張三影」。張先豔詞中的女主角，有許多都是倚門賣笑的妓女，像〈醉垂鞭〉這闋詞便是酒筵中贈妓之作。

在東邊池亭上初次相見，直接映入眼簾的就是羅裙上的彩蝶，斑斕美麗，栩栩如生，彷彿即將雙雙飛去。胭脂水粉清清淡淡勻在臉上，反而顯出恬淨的嬌容；在許多爭奇鬥豔的妝扮中，更突出那宛如出水芙蓉的淺淺春意。人人都說這女子最引人注目的是柔軟纖細的腰肢，懂得欣賞的人卻覺得她由裏到外充滿動人之處。昨日女子款款走來，竟令人產生錯覺，就像是一朵皎潔的白雲，從昏暗的亂山中飄來，如此優美空靈。

「細看諸處好，人人道：柳腰身」，這兩種審美觀，深刻或淺略，正好見出情深與情淺的差別。每個人都有略勝於人的地方，是最容易被看見的優點，當然也是最討人喜歡的。然而，眞心誠意的相愛相處，會使那些最優異的部分逐漸變得不重要，許多內在的隱蔽不彰的部分，反而成爲最難割捨的部分。當你與人相愛的時候，到底希望他（她）愛上的是你最醒目的那一點？或是你眞實的全部？

時光詞場

第二片

壯年聽雨客舟中，江闊雲低斷雁叫西風。

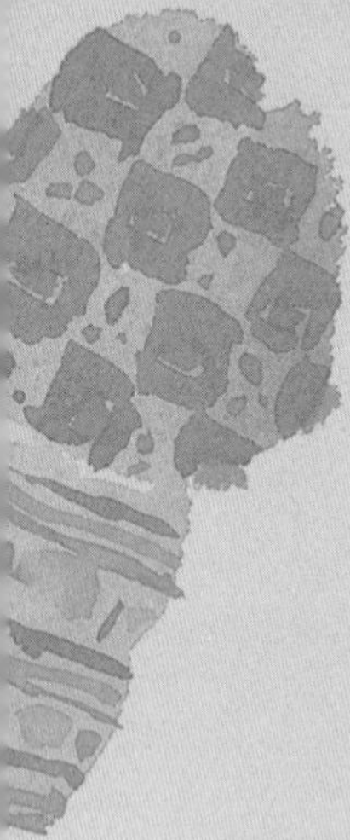

舊時天氣舊時衣，
只有情懷，不似舊家時。

碧兒正坐在窗邊的搖椅上，
頭上繫著織花頭巾，
身上穿著一件碎花長裙洋裝，
非常非常瘦，
像個未發育的少女。

在香港工作那一年，我在高樓上接到多年好友的電話，她可能是用手機打來的，打電話的她或許正開著車奔馳在高速公路上，訊息斷斷續續地。她說剛剛送一位客戶去機場，又說景氣不好，什麼事都得親力親爲，接著問我好不好？怎麼會在家裏？我笑起來對她說：「我可不像妳事業那麼大，總要休息的嘛！」然後，她提起了我們的另一位好友碧兒，問我最近有沒有同她連絡？在我赴港之前，碧兒完成乳房切除的手術，聽說手術很成功，去看她的時候，她正在床上和小兒子玩拼圖。聽說我都準備好，就要遠赴異鄉工作了，她的臉上有擔憂的神色，擔憂我一個人會不會害怕？語言不通怎麼辦？連房子都沒找好，會不會露宿街頭？「拜託啦，我都這麼大把年紀了，妳還擔心，怕不怕我待會兒出門就迷路啦？」只因爲相遇時我們都還年少，只因爲我比她小兩歲，她總替我操許多心。

但我總覺得她爲人想的太多，替自己想的太少。比方這次的手術

吧，她感覺不舒服已經好一陣子了，先是幫著婆婆張羅小姑出嫁的事，抽不出空；接著是要等到大女兒考完聯考，不願影響軍心，就這麼耽誤下來，弄到非得割除不可。「可能就是我以前太不注意自己的身體，身體生氣了，就跟我鬧鬧脾氣，希望我可以注意它。我現在跟它講和了，以後可不敢忽略它了。」她說著一邊笑，像同一個寵愛的孩子講話。

「有空回來看看碧兒吧……」電話裏的聲音嘎然而止，斷線了。

我的心狠狠一抽，有種很不好的預感，碧兒的身體並沒有同她講和嗎？我企圖撥電話給高速公路上的友人，試了好多次都不成，想到她也曾不止一次抱怨，我怎麼那麼難找？想到當年在學校，一通電話就能集合完畢，去吃冰或者看電影，去逛地攤或者坐在河堤上發獃吹風。如今，我們都變成好忙碌的人了。我在窗台上坐下，看著秋日明

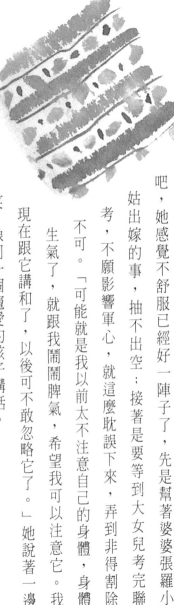

麗陽光照射在寧靜的園圃中，花園裏的噴水池此起彼落，晶晶亮亮的水柱想衝到最高，可是隨即失速墜落了。

我要回台灣，參加幾個朋友爲碧兒舉辦的聚會。她們告訴我，碧兒已經不再接受治療，變了許多，她的狀況並不樂觀，很想見見老朋友。我無法想像碧兒能變成什麼樣子？從相識以來，她就是這樣的樂觀溫暖，有一年我在美國過生日，她竟然寄了一大包士林辣豆干給我解饞。我從課堂上直奔機場，因爲攔不到計程車，於是搭乘機場巴士，從接機處下車再上到登機處。下車時，我看見碧兒的丈夫，提著簡單行李走出來，雖然有一段距離，但我確實認得出他來。他與碧兒伉儷情深，常常我們聚會之後，他都會來接碧兒回家。我正想著衝過去與他打招

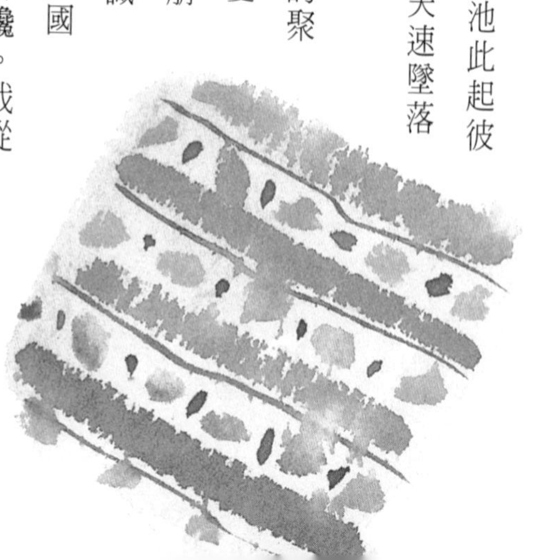

呼，卻看見一個苗條時髦的年輕女人攬住他的腰，他們相互擁抱，他親吻了那個女人，滿面春風的吻了那女人。

我遲到了，聚會舉行的地點在山上的好友溫泉別墅裏，我穿越小小的庭院，聽著房內她們的歡笑聲此起彼落，默默地站著，連推門的氣力也沒有。好友發現我，一邊領我進門一邊看著我臉色：「喂！妳開心點好不好，早知道就不找妳了。」我知道我的臉色很差，我知道我表現不好，但，我只想見到碧兒。我看見她了，碧兒正坐在窗邊的搖椅上，頭上繫著織花頭巾，身上穿著一件碎花長裙洋裝，非常非常瘦，像個未發育的少女。看見我她站起身子，對我甜甜地笑：「記不記得這件衣服，眞奇妙，我又可以穿了。」是的，我記得，這是畢業舞會時，我陪著她到博愛路挑的花布，然後，我的母親替她裁製了這件洋裝。她很重視那次舞會，因爲她邀請了學長擔任舞伴，她那時已經悄悄喜歡學長好久了，學長後來成了她的丈夫。我抱住她的時候，還是忍不住震驚了，她的塌瘦超出我的想像。為了怕她感覺到我顫慄，我輕輕推開她，扶著她坐下。

「妳們誰還能穿二十年前的衣裳啊？」她坐在那兒，少年的身體，中年的容貌。我把眼睛轉開，對其他人笑著，藉以掩飾自己的慌亂。

「我能穿去年的衣裳就很滿意了。」我的好友在一旁打趣。

「謝謝妳趕回來。」臨別時，她握住我的雙手：「我覺得自己眞的好幸福，先生疼我，兒女愛我，還有妳們這些好朋友……」巨大的秘密憋在胸中，不斷加強的疼痛，使我流出眼淚，我的淚流不止，抿緊嘴唇，成為無聲的哽咽。

「不要哭，怕的時候就想想我。」她擁住我，輕輕地說。

我的淚無聲地流在她的衣裳上，二十年前的花布洋裝，我們在布店裏發現的，我們年輕的手，輕輕撫過那些平整典雅的花樣，讚嘆著，好漂亮啊。如今，她穿著這件舊衣裳，面對著死神與生命，讚嘆著，好漂亮啊。

南歌子

宋 李清照

天上星河轉，人間簾幕垂。
涼生枕簟淚痕滋，起解羅衣，聊問夜何其？
翠貼蓮蓬小，金銷藕葉稀。
舊時天氣舊時衣，只有情懷，不似舊家時。

詞場曼話

李清照（西元1084～1144年），是北宋到南宋之間，最著名的女詞人，也可稱爲中國古典文學史上地位最崇高的才女作家。清照的父親是禮部員外郎，母親是狀元的孫女兒，頗識詩書，她就在這樣充滿濃厚藝術氣氛的家庭中成長。二十一歲（有人考據應是十八歲）那年，嫁給趙明誠這位太學生，兩人年齡與興趣相投，情愛甚篤，幸福生活中，清照的填詞生涯獲得極大的空間與極豐富的養份。趙明誠一方面欽佩妻子的才情，一方面也有一較長短的意思，他曾將妻子寄來的詞與自己填就的五十闋詞混在一處，都不具名，請朋友賞鑑，朋友挑出最佳的「莫道不消魂，簾捲西風，人比黃花瘦」〈醉花陰〉三句，正是清照的作品，至此明誠才能心悅誠服。婚後的清照因爲丈夫的尊重與理解，乃能卓然成家，否則，頂多像朱淑貞那樣，徒留一卷《斷腸集》，供後人憑弔而已。

李清照的美滿生活，被靖康之難打斷了，夫妻二人拋棄了歷年來收集的金石書畫，匆匆逃往南方，沒過幾年，趙明誠急病過世，她只得在離亂中四處飄泊著。因此，在她的詞中，可以清楚看見早年的歡樂，如：「怕郎猜道，奴面不如花面好。雲鬢斜簪，徒要教郎比并看」〈減字木蘭花〉；也有中年的黯淡，如「誰憐憔悴更凋零。試燈無意思，踏雪沒心情」〈臨江仙〉；以及晚年的哀苦，如「病起蕭蕭兩鬢華，臥看殘月上窗紗」〈攤破浣溪沙〉。清照以自身的遭遇與時代相結合，以深入淺出的造句和意象，和諧動人的音樂性，造成抒情藝術上的極高成就。

天上的星河隨著時間而

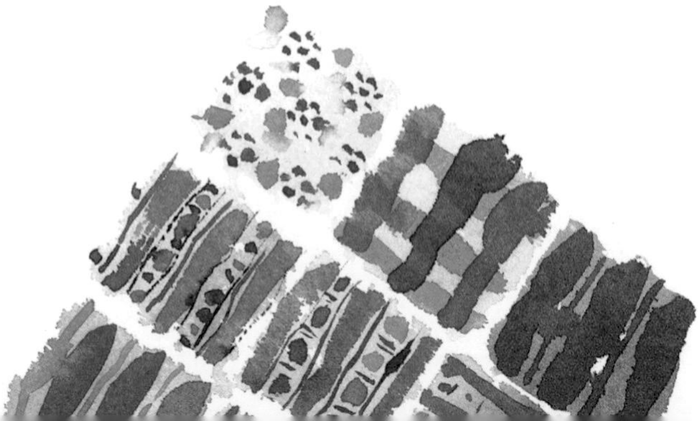

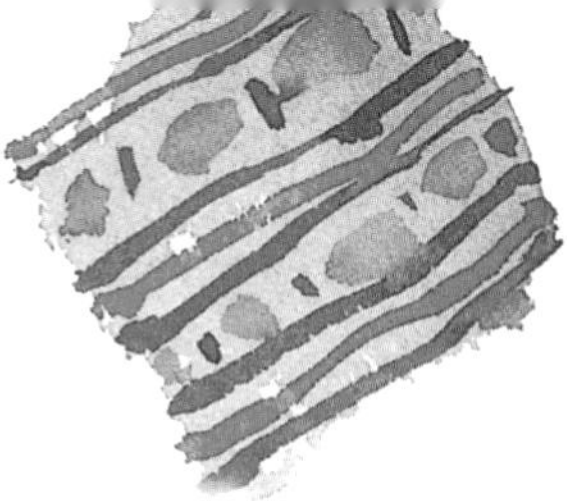

流轉著，人間的簾幕紛紛在夜色中垂下了。竹榻上的淚痕斑斑，增添了寒意，緩緩起身解衣，準備要就寢了。這夜究竟有多深了？到底還要多久才能天明呢？夜來失眠的人，最苦悶的就是不知如何打發這樣的長夜啊。脫下的衣裳上，花色仍如此鮮燦明麗，以翠羽貼成蓮蓬小小的樣子，以金線嵌繡出蓮葉稀疏的紋路。這是舊日在富裕生活中所穿的衣裳，這也是舊日在恩愛中曾經歷過的生活，一切彷彿皆如往昔，只是情懷已變，再不是舊時的無憂無慮了。

「舊時天氣舊時衣，只有情懷，不似舊家時」，往日的青春與甜蜜的回憶，都隨著光陰而消散了，再也不能歸來。穿著舊時衣，特別可以見出一種依戀的情意，這依戀註定是要落空的，於是，滿懷心事的人，唯有輕輕一笑，坦然面對不斷流去的歲月了。

時光詞場

第二片

壯年聽雨客舟中，江闊雲低斷雁叫西風。

馬滑霜濃，不如休去，直是少人行。

過去的笑是發自內心的，
充滿愉悅的笑，
此刻的笑是世故的，
是一種決定，
決定今生就以這樣的表情來過日子。

他從夢中醒來，依稀可以聽見輕巧的腳步聲，從庭院走過，厚底和式拖鞋，踏著軟軟的，堅定的步子，將院子裏的油燈一盞盞點亮。這是溫泉屋的一個習慣，打烊之後，老板娘與女中們親自在門前送客，然後，泡湯處與餐飲部的燈光熄滅，老板娘便將屋子四周的油燈一一點燃，直到太陽升起。

有時候他忽然很想泡湯，吃點小菜，駕車上來看見熒熒亮著的火光，像許多頑皮的眼睛，眨啊眨的，便知道溫泉屋已經打烊了。但他不甘心離去，索性睡在車上，等著第二天一早泡個第一湯。老板娘親自開門，看見他嚇了一跳：「唉呀，紀桑。怎麼這麼早？」看見他的車上白糊糊的霜霧便明瞭了：「怎麼不叫門哪？」他覺得她的聲音裏，總有著足夠的理解與體貼，這一點令他很安慰。

「人客都走了，幹嘛還點燈？」他在換拖鞋的時候問。

「太安靜了，好像很寂寞的感覺。」她輕言細語的，臉上帶著恬靜的笑意。

是的，她一向是善笑的。許多年前，他才剛剛創業成功，常常由妻子陪著在溫泉鄉的各個浴場泡湯，那時候就注意到這個年輕女孩，她總是孩子氣的笑著，有時候被客人占了便宜還是笑，只是笑中有些促迫尷尬。他的妻子看不得女人受侮，每次都挺身而出，女孩感激的喚他的妻子「寶珠姐」，叫他「紀桑」。她說自己的男友在國外唸書，需要她的接濟，等男友修完學位，他們就要結婚。後來，妻子氣急敗壞告訴他，女孩的男友修完學位，娶了另一個女人，女孩傷心欲絕，隨一個客人去了日本，應該也會嫁了吧。他聽了不免替女孩感傷，感傷之後便也遺忘了。直到多年後一次應酬，去到新開張不久的溫泉餐廳，原木建築加上日式庭園，女中也都是和服髮髻，露出白淨的頸項。大家都說這裏的情調氣氛都很好，就是沒有歇宿的服務，應該向老板娘反應。老板娘微笑著來了，約莫四十歲左右年紀，他一點也沒想到，老板娘對著他深深鞠躬：「紀桑！好久不見。」竟然會是那個善笑的女孩。

只是，過去的笑是發自內心的，充滿愉悅的笑，此刻的笑是世故的，是一種決定，決定今生就以這樣的表情來過日子。過去的女孩如今以女人的姿態出現。她問起寶珠姐，他與妻子已經分居十幾年了，只是還找不到理由離婚，到這時候離不離婚好像也不那麼重要了。他後來成爲這裏的常客，也問起她的故事，她說自己跟著客人去了日本，做了人家的外室，幫著經營溫泉旅館的生意。丈夫去世，她又沒有生育，就回來做一家自己想要的溫泉屋，小巧的、溫暖的，像家一樣的感覺。「爲什麼沒有住宿？」他問。「我習慣自己一個人住。」她微微偏頭說著，微笑著。她的溫泉屋招待很親切，每次他一來，老板娘一定親自下廚，她的燒烤好得很，卻也看著他不准多喝。其他客人瞎起鬨：「紀桑喝醉了就睡在這裏啦。」「紀桑喝醉了你得送他回

去，否則下回不招待小菜了。」她的眼波流轉，令他胸中鬱悶。他疼惜她一生都在陪笑，一生都得不到個名份，也知道自己什麼也給不起，他的生意根本就是名存實亡了；他的婚姻也是名存實亡，偏偏還結束不了。

有一陣子他去了大陸一個多月，回來時聽同事說，老板娘打算結束營業，聽說要嫁人了，對方是個鰥夫，五十幾歲，事業做的很好。他有兩種衝動，一是立即去溫泉屋，勸阻她；一是從此不再去了，免得憑添煩惱，只是，他憑什麼勸阻人家追尋自己的幸福呢？他強忍著不去溫泉屋，覺得這個冬天特別冷，而且孤寂。這天是日本客戶要求去溫泉屋，他得到一個很好的理由，去看她，或許是最後一次。他幫她帶了一匹蘇州的軟緞繡花布，應該可以裁製一件美麗的和服。送給她的時候，他說：「送妳的結婚禮物。」她沒說話，眼中漾漾地，分不清是笑還是淚。用餐時，他多喝了兩杯，她替他斟了又斟，一點也不勸，直到他自己感到酒意。餐後她捧來一盤黃澄澄的橘子，一枚枚地剝開來，橘香四溢，他聽見她說：「今晚好冷，路上濕滑，不如就歇在這裏吧？」他微微顫慄了，輕聲說：「我不想麻煩妳。」她笑著直視他的眼睛：「我都準備好了，一點不麻煩的。」

他在酒意中昏昏睡去，此刻，忽然清醒的睜開眼，聽見她巡梭在園中點燈的聲音。然後，房門輕輕被開啓，她披散長髮，緩緩走到床邊，他騰起身子抱住她，寂靜中他的聲音悶悶地：「我什麼也不能給妳……」「你不明白我要什麼。」她牽他下床，往浴場去：「我慢慢告訴你我要什麼。」

第二天早晨，枝上的鳥兒爭相走告，溫泉屋老板娘今天是和一個男人一起熄了那些燈的，她以往熄燈時是面無表情的，這一次卻笑得那樣燦爛。所有燈都熄滅後，太陽升起時分，他們在松樹下擁吻。

少年遊

北宋 周邦彥

并刀如水，吳鹽勝雪，纖手破新橙。
錦幄初溫，獸煙不斷，相對坐調笙。
低聲問：向誰行宿？城上已三更。
馬滑霜濃，不如休去，直是少人行。

馬滑霜濃，不如休去，直是少人行。

詞場漫話

周邦彥（西元1057～1121年），年輕時他的放浪任性，博得浪子之名，很被鄉里人輕視。然而，他既有才華又能博覽百家之書，竟成爲北宋末年最重要的婉約派詞家。他填詞的態度相當嚴謹，字斟句酌，務必要符合音韻節奏，並且有著唯美的傾向。如「歸騎晚、纖纖池塘飛雨。斷腸院落，一簾風絮」〈瑞龍吟〉；「念月榭攜手，露橋聞笛。沉思往事，似夢裏、淚暗滴」〈蘭陵王〉；「葉上初陽乾宿雨。水面清圓，一一風荷舉」〈蘇幕遮〉，寫情深摯，寫景鮮明，令人印象深刻。

周邦彥的才學很受到當代君主的賞識，他的風流韻事也成爲流傳千古的佳話。最被人津津樂道的，應該就是與汴京名妓李師師的情事了，這才貌雙全的女子同時也是徽宗皇帝的情人。徽宗因爲迷戀師師，從宮中鑿出秘密通道，以便時時幽會，周邦彥與李師師的交往自然產生不少阻礙，傳說中〈少年遊〉這闋詞便是邦彥與師師約會時徽宗忽然到來，攜來一只剛剛進貢的新橙與師師分享，邦彥只好暫時隱蔽躲藏，耳聞目見而後創作出來的。這傳聞雖然增加不少趣味性，研究者卻因設想詞人的窘迫而替他辯解，說明種種絕不可能的原因。不論詞人創作的靈感從何而來，他確實相當生動的將閨中旖旎風光描摹得極其濃豔，是很成功的作品。

桌上一柄利刃，發出水一般銳亮的光芒；還有一碟精細的鹽，似乎比雪花還要皎白。纖細的手指持著刀，正輕輕地破開一枚橘黃色的橙子。織錦的床褥保持著剛剛好的溫度，獸形香爐透出的香味瀰漫在空間中，兩人面對面坐著，彈奏著動聽的樂曲。琴聲裏聽見女子輕聲問道：「今夜要去哪裏安歇呢？霜雪鋪地的暗夜，馬兒一不小心就會滑倒的，路上的行人很少，你不如就不要回去了吧？」

「馬滑霜濃，不如休去，直是少人行」，這三句為整闋詞的精神主旨，有情人共同經歷如此甜蜜的約會，怎捨得乍然分離？然而，挽留者卻不直接說出自己的心意，又說天冷路滑，又說路上行人少，句句都在留人，竟又如此含蓄，果然是更添加了柔情蜜意。便是鐵石心腸的人，面對這樣的挽留，怕也插翅難飛了吧。

時光詞場

第二片

壯年聽雨客舟中，江闊雲低斷雁叫西風。

回首向來蕭瑟處，
歸去，也無風雨也無晴。

風來了，
那風或許來自億萬年前的冰河，
穿越無以計數的松枝松葉，
成一闋溫柔壯闊的奏鳴曲，
他深深呼吸，
彷彿自己也成了樂器。

纜車緩緩昇高，草坡從腳下滑開，他俯首看著那些在風中搖曳的草葉，細亮地，像嬰孩頭上的絨毛。妻子的手伸過來，輕輕握住他的手，以眼神探詢，他點點頭，表示自己一切無恙。

「爹地！看這裏，笑一個哦！」坐在前輛纜車的女兒回轉身，替他拍照。他笑著，將妻子擁進懷裏。

遠離塵囂與都市裏的忙碌緊張，山間寒涼的空氣，使他的心情格外舒暢，有一種想要唱歌的衝動，可是，一時間想不起一句歌詞，只好作罷了。纜車在半山的站裏停住，許多洋人坐著站著，忙著拍照，女兒拉著洋男友轉進店裏去，不一會兒就擎著兩隻霜淇淋跑出來。

「這麼冷的天還吃冰？」妻子叫嚷出聲。

「就是冷了才要吃冰的嘛，來來來！你們倆一隻，我和吉米一隻。」女兒歡快的分配著：「兩人吃一隻，感情才不會散哦。」

妻子莫可奈何的接過霜淇淋，看著前方湊在一起吃霜淇淋的女兒與吉米，兩顆頭顱彷彿要連接到一起了，她蹙著眉靠近他：「他們不會是認眞的吧？」

他在妻子手中咬一口霜淇淋：「我只知道，我們是認眞的……」

「去！」妻子笑著用手肘撞他一下，那力道不輕不重剛剛好。

妻子或許忘記了，他可還記得，當年妻還是女朋友的時候，帶他返家去見父母親，爲了體面，身上穿的西裝還是向同學的哥哥借來的。或許正因爲不是自己的衣裳，整個人感覺很不對勁，雙腳侷促地擱在客廳長毛地毯上，忽然就痠麻到失去知覺了。還有那些挑剔的眼光，使他的表情變得僵硬，他第一次認知到自己是高攀了。他惶然的眼睛蒐尋到女友，她緊緊盯著他看，那裏面有一種生死與共的堅持，他明白自己若是退讓，她就要萬劫不復了。於是，他昂起頭，對著未來的岳父岳母說：「您們或許不相信我，但是，您們應該相信自己的女兒，她是個有眼光的女孩，她看見我的未來有成就。」

他們終於結婚了。可就是當年的一句承諾與擔保，他義無反顧在事業上打拼三十年，剛開始的時候甚至不要孩子。「我們有什麼條件要孩子？我們能給孩子什麼？」其實，他那時已經有了三家公司，年收入上千萬，只是他總覺得還不夠，總是沒有安全感。女兒出生時，他們結婚已經十一年了，坐在妻子床邊，輕輕拾起那隻嬰兒的粉紅色小手，小手立即握緊他的姆指，他的眼中蒙上一層淚翳，暗暗許下一個誓言，他一定要給這小女孩世上所有最好的東西。他更加投入在事業上，不斷要求更好的業績，大幅度的成長，直到妻子陪著女兒移民到加拿大去，他送著淚眼婆娑的妻子上飛機，他知道自己不該讓她們離開，但，他停不下來。他就是停不下來，直到那一天在寒流來臨的深夜，他從公司緊急會議桌前倒下來，眼前一黑，什麼感覺都失去了。

他有心臟病的遺傳，父親與伯父都是在這樣的年齡死於心臟病，

他並不是不知道，或許正因爲這樣，他才像個沒有後路的人那樣，卯起來拚搏。他昏迷了幾天，有時迷濛中醒來，看見女兒正爲自己梳頭；有時看見妻子伏在自己胸前，卻又像夢一樣。等他終於清醒，妻子對他說：「就算你現在像三十年前一樣窮，我還是要嫁給你。」話沒說完，已經哭倒了。女兒很生氣的樣子：「爹地你很壞！說要來看人家，不來就算了，還這樣嚇人家，我要被你嚇死了。」說著眼睛又紅了。他覺得很抱歉，一輩子爭強好勝，最後讓兩個最愛的女人傷心成這個樣子。

等他病癒之後，他們安排了一趟洛磯山國家公園之旅。從纜車站沿著鋪建好的木梯，一路往上登去，女兒和吉米跑跑跳跳的，邊唱邊走，完全不覺得這是上坡路。妻子叨叨敘述著從到加拿大來就想登洛磯山，卻又想著同他一起來，料不到一場病，讓她的心願達成了。說著的時候，他可以感覺到妻子的欣慰，原來，他一直想獻給她的，並不是她最想要的，他不免有點惆悵了。

走了十幾分鐘，山路愈顯陡峭，他的喘聲愈大，終於握著扶手停住。

「嘿！爹地！加油啊！」女兒鼓勵著他：「來！我扶你走。」

「別勉強妳爸爸。」妻子謹記住醫生的叮嚀：「你們去吧，我在這裏陪他。」

他堅持妻子同女兒她們上到頂端去，去看那難得的壯麗美景，拉鋸了好一會兒，他們都走了，接著許多遊人紛紛從他身旁走過，就只剩下他一個人。四周都是松林，他倚著欄杆站立在陽光裏，無法像其他人那樣，攀到更高的地方。安靜下來的時刻，他聽見極其婉囀脆亮的鳥叫聲，一隻拖著長長剪尾的紅黑羽色的鳥兒，就在身邊，自在歡愉的尊貴姿態，他看著，幾乎失神了。鳥兒忽然斂起毛羽，振翅飛去，同時，風來了，那風或許來自億萬年前的冰河，穿越無以計數的松枝松葉，成一闋溫柔壯闊的奏鳴曲，他深深呼吸，嗅著那乾淨沁涼的空氣，彷彿自己也成了樂器。

妻子和女兒下來時，興奮地爭著敘述山頂的景象，他聽著，臉上始終掛著一抹神秘的微笑，在不能爭高的時刻，他終於細細感覺到一些美好的瑣碎事物。

定風波

北宋 蘇軾

莫聽穿林打葉聲，何妨吟嘯且徐行。
竹杖芒鞋輕勝馬，誰怕？一簑煙雨任平生。
料峭春風吹酒醒，微冷，山頭斜照卻相迎。
回首向來蕭瑟處，歸去，也無風雨也無晴。

詞場曼話

蘇軾（1036～1101），爲宋詞豪放派最重要的代表人物，他自幼聰慧，父親蘇洵四方遠遊，是由知書識禮的母親爲他和弟弟蘇轍啓蒙的。後來蘇洵發奮苦讀，與兩個兒子一同考科舉，也成一時佳話。蘇氏父子三人都是當朝有名的散文家，世稱「三蘇」。蘇軾舉進士時只有二十一歲，很受到歐陽修的器重與讚賞，卻因與當權的王安石政見不合，飽嘗厄運，曾被貶至杭州、密州、徐州、湖州、黃州、登州、惠州……等地，最遙遠的一次是被貶至瓊州，即是今日的海南島。他也因鋒芒顯露遭人惡嫉，以詩謗入獄，在牢獄中備嘗辛苦。因此，他的時代雖是承平盛世，而他所處的環境，卻是憂患失意的。

難得的是他總能順應逆境，隨遇而安。神宗哀憐他的才華，將他絀置於黃州，蘇軾簑衣草鞋，與田間父老相往還，並獲得很大的樂趣。他在東坡築屋而居，乃自號爲東坡居士。他被謫杭州時，也爲地方興利除弊，直到現在仍留下一道蘇堤，顯示百姓的懷念；美味佳餚的東坡肉，更可見他與百姓和諧相處的眞性情。從瓊州歷劫歸來，提起這段驚心動魄的往事，他寫下「九死投荒吾不恨，茲遊奇絕冠平生」的詩句，這樣的超脫，或許與他複雜的思想背景有關。東坡有著儒家的根基，加上莊子的哲學與佛法的智慧，造成他達觀明朗的積極人生觀，與文學上豪放不羈的風格。他留下許多如珠玉般晶瑩的絕妙好詞，這些詞作不僅只是抒發性情，還蘊含著深刻的人生哲理，是藝術家之作，更具思想家精神，對於我的人生啓示尤其重要。

東坡是個深情的人，所以才能寫出懷悼亡妻的「十年生死兩茫茫，不思量，自難忘」〈江城子〉；東坡是個堅執於高潔理想的人，所以寫下這樣的心情：「揀盡寒枝不肯棲，寂寞沙洲冷」〈卜算子〉；東坡對於歷史的更替興亡，有很透徹的了悟：「大江東去，浪淘盡，千古風流人物」〈念奴嬌〉；東坡也是個惜情重義的人，在與弟弟分隔兩地的思念中，有了「但願人長久，千里共嬋娟」〈水調歌頭〉的祈願。至於這闋〈定風波〉作於四十七歲的中年時期，有著許多對於人生的理解與不肯放棄的堅持勇氣，也是東坡廣爲人知的代表作品。

午後的山林間起風下雨了，然而，隨從們帶著雨具

卻先行離去了。同行的夥伴們沒料到會有這場雨，不免顯出了狼狽。這時候穿過樹林的風雨聲，那聲勢必然是很浩大的，不如不去聽那樣的聲音，並且應當放慢腳步，一邊向前走一邊高聲吟唱著自己的曲調。雖然在風雨中能夠憑藉著的，只有一枝竹杖，一雙草鞋，卻自覺比騎著馬還要輕快些。何必擔心恐懼呢？過去的一生際遇，有起有落，難以預料的人生，不就像是披著簑衣從風雨中走來嗎？仍帶著刺骨寒意的春風吹來，將酒意吹散，正感到微微的寒冷，山頭上的夕陽卻溫暖的迎面而來。回頭望向自己曾經行過的人生道路，不管是晴是雨，都不會妨礙歸去時的自在瀟灑了。

「回首向來蕭瑟處，歸去，也無風雨也無晴」，這樣的無求與自足，必須要是經歷過人生許多風雨之後，才能擁有的態度吧。年輕人所追求的是那些可以看得見

的，能夠向人炫耀的東西，於是不斷拚搏，以換取更多的擁有，更高的位置，卻忽略了人生所需求的愈多，生命的負擔便愈沉重。總要等到眞正失去一些東西，不得不放棄一些東西，才會發現，生命裡的需求並不那麼複雜，而人生道途的坎坷乃是一種必然，唯有一顆平靜的心，才能定人生一切風波，達到得而不喜，失而不驚的境界。

第三片

而今聽雨僧廬下，鬢已星星也。

人不寐，將軍白髮征夫淚。

空床臥聽南窗雨，誰復挑燈夜補衣。

歡然處，有膝前兒女，几上詩書。

不灑世間兒女淚，難堪親友中年別。

世事如今已慣，此心到處悠然。

時光詞場

第三片

而今聽雨僧廬下，鬢已星星也。

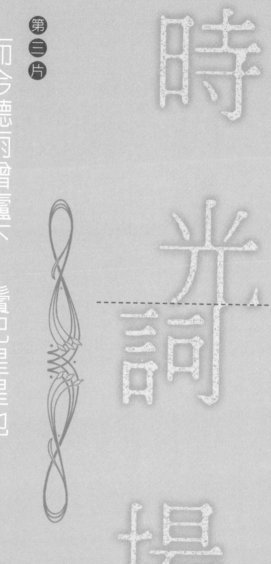

人不寐，將軍白髮征夫淚。

轟隆隆所有的聲音
最後化成一種靜寂的聲音，
但他能感知那種喧囂，
戰場上衝鋒陷陣時特有的，
天地間的共鳴。

出事前一天夜裏，他做了一場怪夢，對他來說能夠做夢已經是很稀奇的事了，因爲他的睡眠總是這樣稀少，實在很難成功地醞釀一場完整的夢境。他已經失眠許多年，自從他的妻熟睡之後，他就睡不著了。所以他記得這夢裏的一切。

他彷佛又回到戰場，又或者他從沒離開過戰場，戰場上的煙硝氣味，遲遲的黃昏色澤，偶爾一隻鳥雀劃過天空，驚飛遠逸。他的瞳仁綳得緊緊地，環顧周遭的弟兄們，總害怕此刻眼中的景象就是最後的景象，眨一下眼便是無可挽回的訣別。轟隆隆所有的聲音最後化成一種靜寂的聲音，但他能感知那種喧囂，戰場上衝鋒陷陣時特有的，天地間的共鳴。忽然，他看見自己的肩胛連同著臂膀，噗地跌落在泥濘裏，而那枚不記得是在哪場戰爭中搏得的勳章，還好好地嵌在臂上。這是做了一輩子軍人僅有的一點榮譽了啊，他什麼也顧不得，奮力用另一隻手去撈取，就在這時，另一隻手臂也跌落在泥濘中，他大喊著，戰慄地醒來，渾身發冷汗。

眞不是一個好兆頭。他心裏愈不安就愈想見到妻子，如果他眞的發生了什麼事，誰來照顧他的妻？這個笑起來酒窩總在臉上閃閃發亮的女人。他從夢中醒來便再沒有睡，等著天亮，等著黑夜一點點褪去。就著晨光，他在鏡前穿戴整齊，彎腰將黑皮鞋打磨得晶亮，只是直起身子時挺費力。他注視著鏡裏的自己，忍不住伸手去揩拭，到底是鏡面糊了還是老眼昏花了？

穿過積水的巷弄，村子外面的陽光總是燦爛些，他掏出墨鏡戴上，忽然想起舊日副官老郭對他說的話：「將軍這威儀，就像是六十歲的人，如果您願意，到江南找個伴兒，也好老來無虞，就是夫人也多了個照應……」他在老郭的喜宴上默默喝著酒，老郭的新娘是蘇州人，三十歲上下，好像是什麼相親團給撮合的。老郭特意染了黑溜溜的頭髮，可惜髮一黑倒顯得稀少了。老了，誰也不能不服。一些老部

屬帶著老婆孩子過來敬酒，難得他們還記得那些戰役與將軍的功勳，可是，只有他自己知道，現在的戰場就是他自己的身體，那些征討不完的病痛啊，他再沒有致勝的把握，況且是如此孤獨的戰爭。

他無意去尋找另一個伴侶，因爲他的妻根本不可能被取代，他停在市場旁的花販前，挑了一束花，是一種心血來潮，實在也是想揮去前夜的陰影。付了錢才想到，已經多少年沒買過花了？上一次，是在大撤退那一年，他的妻與母親先來台灣，有消息傳來說他們全軍覆沒，他的妻不幸小產，再不能生育。當他終於平安找到她們，看到的妻是萬念俱灰的，黯沉的眼睛呼喚著死神，太過憂傷的緣故，使她幾乎認不出他來。他買了一束花，在病床前對她說了許多話，一點一點把她的意念喚回來。他的妻陪伴他半個世紀，經歷過這麼多，眞的不能取代了。

他捧著花束上車，特意投了兩枚硬幣進票箱，儘管早就具備老人免票優惠的資格，但，基於某一種自尊的需求，他寧願買票，這城市的人對待老年人幾乎是沒有敬意的。妻子住宿的療養院就要到了，她自從中風昏迷以後，就一直住在這裏，而他，風雨無阻天天探視。今天的他確實有些心急，想像著聞到花香的妻，會不會格外高興？也許會對他眨眨眼表示謝意？她最近眞的有進步了，當他爲她讀報，她會眨眨眼；他爲她溫柔地抹臉，她也會眨眨眼；他告訴她自己要回去了，她便睜著眼，一下也不眨，好吧，好吧，他當她在對自己撒嬌，笑著說：再坐一下，我再坐一下……

到站了，他慌慌拉鈴，一邊站起來，還沒來得及拉住吊環，司機猛踩煞車，巨大的前衝力將他整個人震飛起來，撞擊在司機旁的鐵欄杆上，再跌坐落地。轟隆隆所有的聲音最後化成一種靜寂的聲音，但

他能感知那種喧囂，身體裏骨頭碎裂時特有的，劇烈疼痛的共鳴。身旁有乘客想拉他，他起不來，司機從座位上跳起來，氣急敗壞地咆哮，責怪他不會搭公車還來搭公車，根本就是要找麻煩，叫他自己爬起來下車去，不要假裝可憐搏同情。乘客紛紛下車去了，大約知道事情不會立即解決，他們從他身邊安靜迅速的經過，有個孩子天真的靠近他，卻被母親拖走，車子一下子全空了。

他好想下車，妻子就在不遠處等著他，等著對他眨眼，那束零散的花，他還緊緊握在手裏，花瓣紛紛亂亂落了一地。他不能去，他好想去。他咬緊牙仍止不住顫抖，他不想坐在地上，他這一生從不肯讓人輕視，可是他的上半身與下半身彷彿已經脫離，他從未感到如此的恐懼，在司機不斷的訕笑與辱罵裏，他忽然張開嘴，沉鬱地，失聲痛哭起來。

漁家傲

北宋 范仲淹

塞下秋來風景異，衡陽雁去無留意。
四面邊聲連角起。千嶂裏，長煙落日孤城閉。
濁酒一杯家萬里，燕然未勒歸無計。
羌管悠悠霜滿地。人不寐，將軍白髮征夫淚。

詞場曼話

范仲淹（西元989～1052年）是北宋著名的邊塞詞人，他手握兵權，曾鎮守延州（今陝西延安）邊關許多年，因號令明白，愛撫士卒百姓，羌人臣服親愛，將他稱爲「龍圖老子」。他的詞作傳世不多，卻有極美麗深情的意象，如〈蘇幕遮〉「碧雲天，黃葉地，秋色連波，波上含煙翠」一闋，便是代表作品。與范仲淹同時期的詞人，多表現出婉轉溫柔的情調，范仲淹在〈漁家傲〉裏的豪放慷慨，恰如其分的將當時政治與軍事問題呈現出來。

這闋詞成功地營造了秋日邊塞的寒涼蕭瑟景色，連雁鳥都以一種堅決的姿態飛離，片刻也不想停留。耳中所聽見的，是軍中的號角嘹亮，混雜著胡笳、牧馬，一切吟嘯之聲。眼中所看見的，是重重疊疊的山嶺環繞，營裏升起的煙直衝入天，紅日緩緩沉落，城門緊閉，又是一日將盡的昏暮時分。舉杯藉酒澆愁，卻更清醒的記起遠在萬里之外的家鄉，歸鄉，是最眞切的渴望，然而，戰爭還未取得最終的勝利，戰功無法勒記在燕然山上，這渴望就只是奢望罷了。夜深了，大地鋪上白霜，羌笛悠悠揚起，在這充滿情感的音調中，人們都失眠了。難以入睡的征人，落下思念的淚水，將軍也在秋霜滿地裏，察覺到新添的白髮。

「人不寐，將軍白髮征夫淚」，我從這兩句話裏，看見千古以來戰場上的寂寞與無奈，也看見軍人的榮譽與堅強。假若人生就是戰場，他們的戰場顯然更激烈更殘酷也更不由自主。我常揣測，白了髮的將軍或戰士，離開戰場以後的生活，是怎樣的形式？他們最大的挑戰，會不會就是失去戰場這件事？又或者是與老、病、死亡相爭鬥的，難以獲勝的戰爭？

第三片

而今聽雨僧廬下，鬢已星星也。

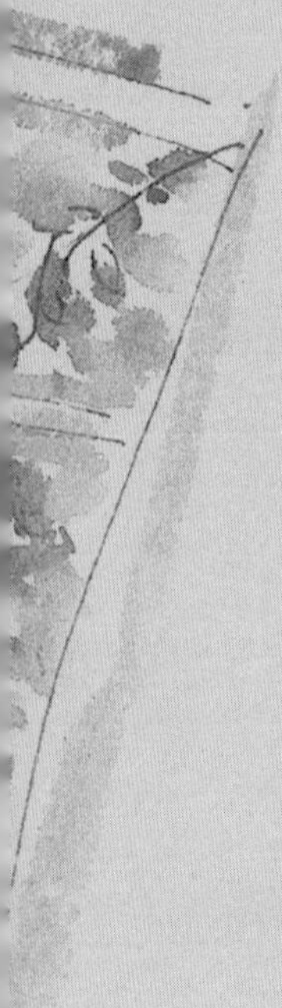

空床臥聽南窗雨，
誰復挑燈夜補衣。

黃昏時她一進門就嚇住了，
滿屋子落拓骯髒的逃兵，
她知道他們是逃兵，
因為，他們眼裏閃著
饑渴恐懼的焦躁的火。

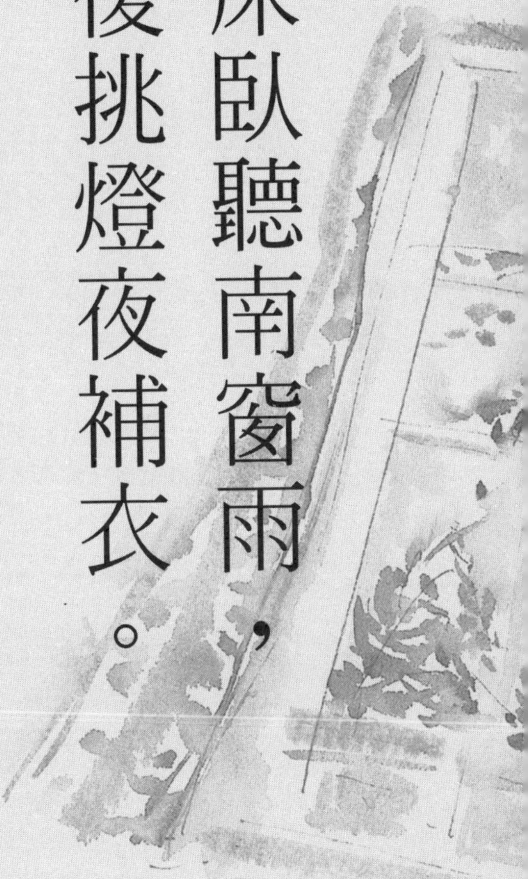

她看見他坐在窗邊補衣裳，窗邊有較好的光線，但，他戴上老花眼鏡還得蹙眉，整張臉縮成一團。她的疼惜情緒迅疾湧起，這大男人是舉槍桿的，怎麼好讓他拈這繡花針呢？她想翻身坐起，對他說：「讓我來吧。」可她無力翻身，她坐不起，她的喉頭被石灰封住似的，一點聲音也發不出來。她這才想起，自己已經癱了，癱了好一陣子了。好一陣子是多久？她也記不明白，只朦朧間記得被送到了療養院來，療養院裏許多白衣護士，輕聲細語地。療養院裏一年四季都是同樣的濕度與溫度，於是，她徹底失去了季節與時間。過去的事她還清晰地記憶著，她記得年輕的時候，因爲小產失血過多，也住在醫院裏，住了許久，也是這種身不由己的狀況，後來還是好了。所以，她覺得自己終究會好起來的，也許有一天走下床來，扶著老伴的肩，輕輕地說：「讓我來吧。」

當年要嫁給他，所有人都反對，包括她的父母親人、同事朋友，大家都認爲她不該嫁給軍人，特別是在亂世，在戰爭之中。他那時候是個連長，她是一所音樂學校的教員，轟炸中他保護了她和她的學生們。還記得砲聲止息後，她想從溝裏將驚嚇過度的孩子們拉出來，卻怎麼也使不上力，他過來助她一臂之力，並且對她說：「一個女孩子在外面太危險，還是回家去吧。」她的家境很好，從小圍繞著獻殷勤的男人不知道有多少，甜言蜜語簡直可以用籮筐盛裝都裝不完，可是，不知道爲什麼，這句簡簡單單的話卻深深打動了她。她在他駐守在城裏的時間，與他相戀了，經過激烈的家庭革命才嫁了他。嫁他的時候只穿了件花布衣裙，連自己的私房錢都沒帶出來。她將緞子似的烏黑長髮結成辮子，盤在頭頂成一個大花髻，花燭掩映裏髮髻處處燦亮發光，他笑稱她是個不戴花卻比花還美的新娘子。

婚後不久，軍隊節節敗退，開始撤守，她隨著丈夫一路南行。道途中，許多年輕的孩子因爲想家而動搖了，許多孩子申請除役，許多孩子成了逃兵。她親眼撞見過軍中以軍法制裁槍斃了一個十八歲的逃兵，那孩子只是不想再戰，不想再逃，想要回家去。丈夫那時已經是營長，卻變得鬱鬱寡歡，手底下幾百名士兵都顯得倦怠，特別是軍餉不足，瘟疫又開始悄然蔓延。

她每天向鄉間的農民換一枚雞蛋，幾把青菜，為丈夫開小灶，做些他吃了可口的小菜，也算是慰勞了。黃昏時她一進門就嚇住了，滿屋子落拓骯髒的逃兵，她知道他們是逃兵，因為，他們眼裏閃著饑渴恐懼的焦躁的火。丈夫從旁邊走出來，安慰地對她說，這些都是跟過他的兵，就像自己的骨肉，他們走到這兒，真的走投無路了，只想吃一頓飽飯，天一亮就走。這真是一個難題，恰是月底了，除了手上這一枚蛋，她什麼也沒法兒變出來。天黑之後，丈夫帶著一群大孩子去溪邊洗澡，她從附近人家借來一些饅頭蒸上，盯著那枚雞蛋發獃。倘若這不是一個蛋，而是一隻雞該有多好？

丈夫將那些兵都安置在溪邊的蘆葦叢裏，回到家卻看不見她的蹤影，只看見一把剪刀擺在桌上。他知道她去想辦法了，卻開始後悔，不該讓她一個人去想辦法，她一個弱女子能有什麼辦法呢？他如同困獸般在屋裏踱來踱去，剪刀，她用剪刀做什麼呢？他幾乎要崩潰，忽然恐懼自己將永遠失去她了。後來，她急匆匆進門，提著一隻活雞，臉上閃亮著喜悅：「去！找隻缸，把火升起來。」這是她頭一回用命令的語氣對他說話，而他竟應承地如此歡快。深夜裏，一群赤裸上身的兵士，圍著缸啃饅頭，喝雞湯，他們天明之後就要上路，運氣好些的可能回家，運氣不好的隨時都得喪命，但，起碼在這一刻，他們感覺豐厚的幸福。

當那些兵士橫躺倒臥著入睡，她在微弱的火光裏，拈針爲他們縫釦補釘，宛如一個母親。天亮之前，她和丈夫站在門前，目送著一群孩子無聲地潛離，就像是依依不捨的父母親。黎明時鴨蛋色的天光昇起，丈夫忽然發現她包裹的頭巾，發現她彷彿有些不一樣。她輕輕揭去頭巾，那飽含黑金光澤的長髮消失了，她最引以爲傲的美麗，換取了一頓晚餐，餵飽許多天涯的孩子。

她相信，丈夫還記得這些事，上一回，他在她床前補衣裳時，還問她：「那一晚妳補了多少件衣服啊？」她無法回答，對他眨了眨眼。奇怪的是，他怎麼還沒來？每一天他都來的。她看不見窗外的景色，卻聽見淅瀝瀝好像下雨了。大概是被雨給耽誤了吧，她想，待會兒他進來肯定要抱怨陰雨天，抱怨自己的關節痛了。她喜歡聽他抱怨，她聽著雨聲靜靜等候著他。

空床臥聽南窗雨，誰復挑燈夜補衣。

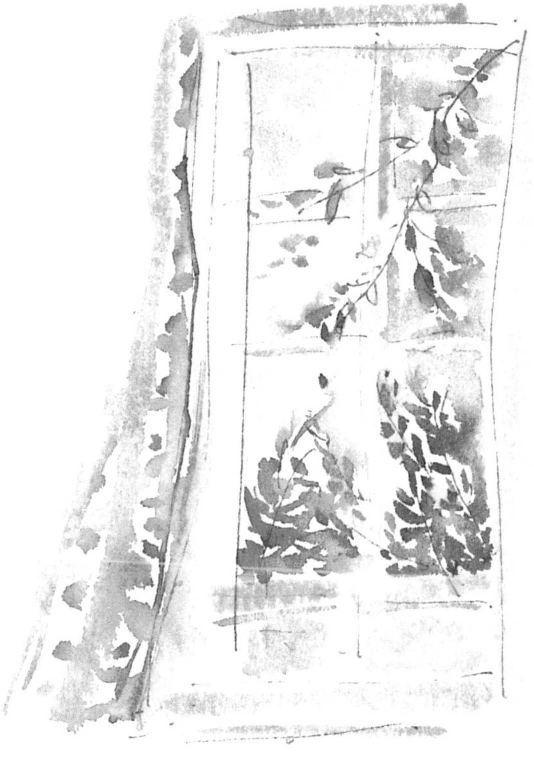

鷓鴣天

北宋 賀鑄

重過閶門萬事非，同來何事不同歸？
梧桐半死清霜後，頭白鴛鴦失伴飛。
原上草，露初晞，舊棲新壟兩依依。
空床臥聽南窗雨，誰復挑燈補夜衣？

詞場曼話

賀鑄（西元1052～1125年）是宋太祖孝惠皇后的族孫，乃是貴族子弟，他的才華出眾，詞作自然穠麗，像是〈青玉案〉的「一川煙草，滿城風絮，梅子黃時雨」，便是著名的警句。賀鑄也因這闋詞被當時士人稱為「賀梅子」。然而他的容貌甚為寢陋，又被嘲為「賀鬼頭」。儘管相貌醜陋，顛簸失意，卻仍有獲得幸福的機會，他的妻子趙氏與他情投意合，相知甚深。趙氏也是皇族宗室之女，嫁給賀鑄後，勤儉持家，體貼入微。一年夏天，賀鑄見妻子忙著製作冬衣，忍不住取笑她是個性急的人，趙氏振振有詞的說了個故事，說是有個人到了嫁女兒的前一夜，才想起要找大夫醫治女兒頸上的癭，假若到了冬天才縫製衣物，不就與那嫁女兒的人一樣傻嗎？後來，賀鑄偕同妻子去江蘇一帶遊玩，不料妻子竟在江蘇一病不起。這個打擊使詞人哀慟欲絕，流連於江南，久久不忍離去。等到他第二次去江蘇，景物依舊，前塵往事湧上心頭，心中的激動感傷再抑止不住，於是有了這闋〈鷓鴣天〉的創作，這闋詞又名〈思越人〉或〈半死桐〉，表達出對於亡妻強烈的思念。

再度經過蘇州城門時，感受到一種物是人非的悲痛，當年明明是一起攜手同遊的妻子，爲什麼相伴而來卻不能相伴歸去呢？那相守著一同老去的梧桐樹啊，在秋霜之後死去了一株，活著的也就生意索然了。那原應廝守到白頭的鴛鴦鳥啊，離散了伴侶，也就失去了展翅的意義了。原上的草葉霑著晨露，陽光照射中很快便乾燥了，舊日共同棲息的住所，妻子獨自長眠的新墳，都令人徘徊不願離去。在這

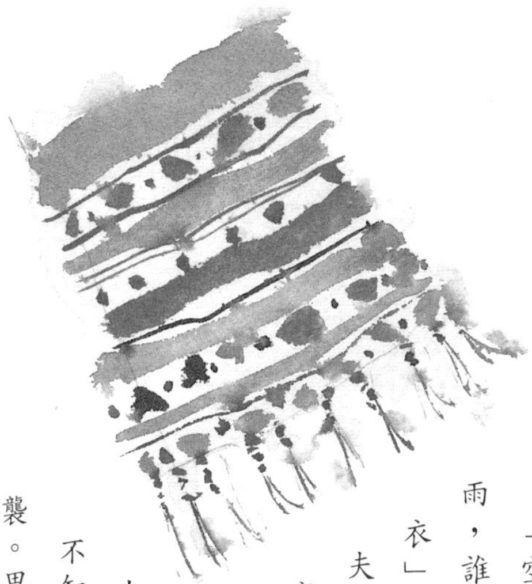

張寂寥冷清的床榻上，靜靜聆聽著窗外淅瀝瀝的雨聲，難以成眠的夜色裏，還會有誰挑亮一盞燈爲我補衣呢？

「空床臥聽南窗雨，誰復挑燈夜補衣」，寫出的是夫妻之間的眞實情感。思念是一種無形的魔力，往往在不知覺中悄然來襲。思念也是最擅長選取生活中珍貴片刻的魔法師，他並不稀罕那些強烈的、刻骨銘心的情節，當歲月流逝無聲，他自其中撿取的竟都是細微的，看似平凡無奇的事物。妻子在燈下補衣的側影；情人之間調笑的話語；一種仰望或是凝眸的形象，這些再尋常不過的瑣碎記憶，原來竟有著最深刻的意涵。

時光詞場

第三片

而今聽雨僧廬下，鬢已星星也。

歡然處，
有膝前兒女，几上詩書。

女兒看著他，不吵不鬧，
安安靜靜地流眼淚：
「我只想知道，
這個世界有沒有人會愛我？
只是愛我，而不是你的錢？」

掛上電話之後，他有一陣子的怔忡，從起居室的窗子往外望，遠處高山上的積雪已清晰可見，而庭院裏的花木依然繁茂，寒冬似乎並沒有進入小鎮。老妻頭上繫著花布巾，正在雞籠前餵食，順手將一隻小雞捉進手中，仔細地檢視著。

「公公！你講完電話沒有啊？」外孫女在門口問著，半個身子已探進門內。他微笑著招呼外孫女，大狗Snow也跟著進來，乖乖地趴在壁爐前的地毯上，準備瞌睡的樣子。外孫女往他身上蹭，撒嬌地攀住他的脖子：「公公你講電話講了好久，幹嘛要講那麼久啊？」他呵呵地笑起來，抱著外孫女下樓，往廚房走去，正好遇見老妻進門，看著他們搖頭：「兩個人又黏上了？」他們一塊兒走進廚房，女兒正在烤爐前忙著，臉頰被熱氣烘得緋紅。「好香啊，是不是蘋果派？」他高聲詢問。女兒一邊皺眉對外孫女說：「快下來，把公公壓垮了。」一邊對他說：「爸！你幫我嚐嚐，這是焦糖蘋果蛋糕，我的新嘗試。」

「我要我要！我要吃蛋糕。」外孫女當仁不讓，馬上下去找叉子去了。「聞起來挺香哦。」妻子深深吸一口氣。「當然囉，妳的焦糖蘋果是天下第一。」他靠近妻子說著。

「其實不難，只要白糖和萊姆酒啦，檸檬汁的份量都對了……」

女兒打斷妻子的話：「經驗更重要，媽媽的火候是不傳秘方，過的顧客都跑不掉，一定還會回來。」

吃過蛋糕，他幫著女兒將烤好的蛋糕送到餐廳裏去，他們將餐廳開在鎮上最熱鬧的街道上，由女婿和較大的外孫與外孫女掌理，因爲菜色道地，服務親切，也算做出點名號。

「爸！是誰打來的電話？」在車上，女兒問他，神色略顯得不安。

「以前的同事。」他回答。

女兒不再說話，他也不再出聲。電話裏的談話忽然鮮明起來，您不適合那種生活，您不應該獃在那個荒涼的小鎮，您的戰場在這裏，每一天幾十億進進出出，這才是人生啊！是的，那是他曾經有過的人生，他帶領著新一代企業菁英，衝鋒陷陣，建立起一個奇蹟似的王國。他登上國際金融雜誌的封面人物時，他的小女兒也因自殺未遂進了醫院。小女兒一直是他不了解的孩子，因爲從這孩子出世，他的事業便扶搖直上，根本抽不出時間與孩子培養情感。女兒結婚很早，生了兩個孩子之後離了婚，接著又結婚，再生孩子，他和妻子都勸過她不要急著生小孩，可是她反問：「婚姻這麼不可靠，除了孩子還有什麼眞實的東西？」她的婚姻確實不可靠，第二任丈夫又背叛了她。

在醫院裏，她扯住醫護人員，對他們歇斯底里的嚷著：「看哪！這就是我爸！他是最

偉大的企業家，我有今天，全是拜他所賜啊！」他很震驚，沒想過女兒對他有著這樣深的怨懟。只剩下他們父女兩人時，他問女兒：「我能幫妳做什麼？」女兒看著他，不吵不鬧，安安靜靜地流眼淚：「我只想知道，這個世界有沒有人會愛我？只是愛我，而不是你的錢？」

那兩年，他的菁英們併呑收購許多公司，一副有我無敵的樣子，那些受害者有的是他的朋友，有的是他的長輩，他發覺事態嚴重想要阻止時，才發現自己已經被架空了。他與其中最核心的當權者懇談，那人的眼睛滿是紅絲，充滿狂渴的神情：「我們停不下來，放不了手。」他霍然明白，只有正往高峰攀爬的人才會停不下來，他呢，是該放手的時候了。他對他們說，面對再大的利益，也不該犧牲了倫理，否則，將來他們也會成為犧牲。沒人聽得進去，他明白。他找到妻子與女兒，問她們要到哪裏去過生活？他們選了這座傍山的小鎮，成為平凡的小鎮民，沒人知道他們從哪裏來，也不想知道他們的歷史。女兒在烹飪課上結識了一位廚師，他們相愛，結婚之後開了一家小餐館。

當初他的預言成眞了，菁英們不再那樣菁英，更激烈的鬥爭來臨，他們想起了蝸居小鎭的他，認爲他可以帶領他們渡過難關，於是，求救的電話來了，甚至有人已經上路，打算當面請求他，請他重返戰場。

他停下車，按兩聲喇叭，外孫與外孫女便從餐廳奔出來，他們現在都被女兒接來共同生活了，在餐廳打工，忙得不亦樂乎。「好多人訂位喲！」他們笑著嚷。

「需不需要幫忙啊？」他問。「謝啦！公公，您是砸鍋高手，我們不敢勞駕！」女兒下車前，他喚住女兒：「晚上多準備點菜，你們的紅酒燉鵪鶉，幫我留幾份吧，有遠客要來。」女兒的臉色緊繃，眼光迴避著他：「那，吃完飯以後呢？」「吃完之後，就看妳的心情囉，如果開心，就請他們吃塊蛋糕吧。」「吃過蛋糕呢？」「就各奔前程囉，他們走他們的，我們一起回家。」「眞的？」女兒熱切地看著他：「爸，你確定了？」「除了回家，我還能幹什麼？我是砸鍋高手啊！」女兒攬住他：「不是的。你可以跟媽媽一起去挑蘋果，你眼光最好了，被你挑中的是最好的果子，所以我們的甜點才能這麼好吃。」原來，他還有這樣的專長，他點點頭，滿意的笑了。

沁園春

元 許衡

月下檐西，日出籬東，曉枕睡餘。
喚老妻忙起，晨餐供具；新炊藜糝，舊醃鹽蔬。
飽後安排，城邊壟斷，要佔蒼煙十畝居。
閒談裏，把從前荒穢，一旦驅除。
為農換卻為儒，任人笑，謀生拙更迂。
念老來生業，無他長技；欲期安穩，敢避崎嶇。
達士聲名，貴家驕蹇，此好胸中一點無。
歡然處，有膝前兒女，几上詩書。

歡然處，有膝前兒女，几上詩書。

詞場曼話

許衡（西元1209～1281年），曾在元世祖時居高官，後因得勢者專權，便乞病歸鄉，安然度過農村鄉居生活。如同這闋〈沁園春〉就描繪出歸眞返樸的生活狀況。

月亮漸漸從房簷之西沉落，夜已深沉，不久之後太陽就從東邊的籬笆上升起，又是新的一天到來，可能是勞動令人特別容易安眠吧，從枕上的晨光中乍然醒來，忙著將老妻喚醒，展開一天的新生活。首先就是張羅早餐，用野菜與米一起煮成的粥飯，配上舊日醃漬的鹹菜，就是一頓飽餐的內容了。接著兩夫妻便趕往城外去墾荒，要將這瀰漫著荒煙蔓草的土地，開墾出十畝的田地來。一邊出力勞動著，一邊閒閒地聊著天，將這土地上的荒蕪去盡了，也將胸中的污穢之氣去盡了。把尊貴的儒者衣冠脫除，卻換上了農民的衣著，難免是要惹人訕笑的，事實上，關於謀生技能這件事，確是既笨拙又無能的啊。想想年紀已老，實在沒有別的方式維持生活，所期望的也不過就是安穩平靜，能夠避開世間的坎坷崎嶇，曾經是社會賢達的名聲，曾經是富貴之家的傲氣，此刻一點都不存在於心中了。如今，最感到歡樂與安慰的，就是圍繞在身邊的兒女親情，與閒來讀詩唸書的浪漫愜意而已。

「歡然處，有膝前兒女，几上詩書」，能有這樣的人生體認，必須是眞正經歷過繁華，也了解繁華背後荒涼的人，才能擁有的心情吧。年輕時候，人們追求功名利祿，永不嫌多，總覺得還不夠。環繞在身邊的親人，因爲總在那裏，也就顯不出珍貴了，故而時時遭到遺忘。在忙碌中被剝奪了的自由與時間，彷彿也是正當的，並且以爲將來總有一天可以隨意支配時間，去做自己想做的事。有些人在奮鬥中失去親人，失去自己，甚至失去奮鬥的目標與意義。年長者的智慧提醒了我們，什麼才是生命中最重要的事。

時光詞場

第二片

而今聽雨僧廬下，鬢已星星也。

不灑世間兒女淚，
難堪親友中年別。

從小無論什麼事，只要一叫娘，
娘就趕來身邊幫他。
他喚著娘來扶他，
娘伸出手，他愣住了，
佈滿皺紋與斑痕的一隻手，
這是母親的手嗎？

他快步在黃泥小徑上前行，穿著厚底布鞋，嶄新的，上頭一點泥塵也沒有。他背著書包，年少的腿腳靈活地小跑步，他要去上學了，到城裏去唸中學，他夢想好久好久的。身後彷彿有人叫喚他，是母親，母親纏著小腳，追不上他，於是停在村口，撫著胸口聲聲喚他：「出門在外，事事要當心，寫信回來報平安！柱子啊！記住啦！」他想回頭再同母親說兩句，卻怎麼也停不下腳。忽然一塊石頭絆倒他，他整個人栽下去，又怕又痛，大聲喚：「娘！」從小無論什麼事，只要一叫娘，娘就趕來身邊幫他。他喚著娘來扶他，娘伸出手，他愣住了，佈滿皺紋與斑痕的一隻手，這是母親的手嗎？不是的，母親的手能繡花，能衲鞋，能做好吃的點心，母親的手無比靈巧，無比美好，這不是母親的手。他醒來，那是他自己的手，因為歲月而變成風乾橘子皮的手。他不再是少年，是離家五十年後，終於可以返鄉的衰老遊子。

身邊的女兒見他醒來，忙遞上一杯水。他喝了兩口，嘆了口氣。女兒忙問他哪裏不舒服？「怎麼老當我是病人？醫生都說沒事了。」他抱怨地，女兒不再說話。這是最小的女兒，也快滿三十了，爲了陪他返鄉探親，特意請了十天假，只爲了不能放心，這份用心他是懂得的。妻子去世之後，就屬小女兒與他最親了。「我啊，夢到妳奶奶了。」他幽幽地說。女兒問奶奶長得什麼樣子？「鵝蛋臉，眉毛淡淡地，皮膚很白，挺愛笑，一笑眼睛就彎彎的，像月亮一樣……」他看著女兒的微笑，輕聲說：「妳挺像奶奶的。」是嗎？女兒笑得愈發燦爛，我像奶奶啊？

機場是新建成的，陽光從屋頂的天窗照進來，有著夢一樣的恍惚感，很不眞實。女兒攙著他，他將手臂從女兒臂彎中抽離，挺直脊背，他可以直挺挺地回家去，去見那在魂夢中想念了五十年的老娘。接機處一群老年人向他呼喊著，有堂兄弟和表兄弟，還有他的親生弟弟，比他小五歲的親人。弟弟看起來卻比他老得多，他差點誤認爲是叔父呢。「大哥。」弟弟牢牢握住他的雙手，那掌心粗糙到可以割傷絲綢。他沒敢多停留，馬上要回家去，去見母親。坐在車上，大家都變得沉默起來，或許還是因爲陌生吧，他記得自己離家時，弟弟才剛上學，拖著兩條黃鼻涕，頭上還生著癩痢，不用功，成天就是逃學，把母親氣得犯胃疼：「怎麼就不能學學你大哥？眞是沒出息。」弟弟也是個老人了，搭著眼挨著他坐，臉上有著灰暗的顏色。「怎麼你沒結婚啊？」他問著，以大哥的口吻。「哎——一個人自在點。」弟弟的回答總要加上個長長的「哎」，像是種歎息。「娘還好嗎？八十幾啦，吃吃喝喝的

都還行吧？」「哎——」弟弟的身子欠了欠，沒有下文了。算是回答嗎？他停了停又問：「娘知道我要回來吧？你從不寄娘的相片來，我怕見了娘都不認識了。」「哎——」弟弟晃了晃身子，眼皮垂得更低了。連句話也說不清，眞是從小到老都一個樣兒，他忽然也失去了說話的興致。

終於回到家，他站在那矮小的磚土房外，扯開喉嚨呼喚著：「娘啊！柱子回來啦！」他等待著白髮皤皤的老娘扶著門框，緩緩走出來，他連在手術台上動手術的時候，也想著這一刻，娘的溫暖懷抱。弟弟推開門，他看見空洞的廳堂上，母親的放大相片，相片前的香爐香煙裊裊。弟弟點燃一炷香：「大哥你給娘上炷香吧，娘會知道的，知道你回來啦！」他僵著身子不去接那炷香，狠狠瞪著弟弟，像是仇恨著殺害了母親的仇人。「你騙我！」他從齒縫裏迸出這句話，搖搖欲墜。弟弟撲地跪下了，哭著求他的原諒，說是怕他傷心所以不敢告訴他，母親已經過世好幾年了。

他轉身就走，不管弟弟匍匐哀求他，他令司機直接開到機場，他馬上就回台灣，他一刻也不停留，他再不要看見欺騙他的人。女兒請司機將車開到賓館，說是買辦機票要時間，他們得有個休息的地方。女兒出門買機票，他一個人在黃昏裏，感到無限的悔恨，那年本來說好要回來探親，卻因爲心臟病發取消行程，接著是兒女相繼結婚，然後是妻子癌症過世，就這麼一年一年耽擱下來。可是，年年他寄不少錢回來奉養母親，弟弟都收下了，爲了錢，他如此欺心。女兒回來時眼睛紅紅地，她遇見家族裏的長輩，他們說這最沒出息的兒子在最混亂的十年裏，在他們家被掃地出門後，爲了養活母親連婚也不結，最困苦的年代，曾經乞討維生，若不是他，體弱多病的母親早過世了。「原來媽媽曾經寫信給叔叔，拜託他如果奶奶有不好的消息，千萬別告訴您，怕您心臟受不了，我看了那封信了。」她拿出一個盒子，送到他面前：「奶奶過世後，您寄回來的錢，叔叔都沒動過，他要我還給您……」他蹣跚地站起身，女兒忙扶住他，他說：「去，去找車，我們回家去，去給奶奶上香……」

女兒走到門口時，回身對他說：「您想奶奶的時候，就看看我吧。」他含淚點頭，要回家去，眞的要回家了。回家去看母親，去告訴弟弟，他不是沒出息的兒子，他是最孝順的兒子。他以爲自己已經沒有眼淚了，卻止不住的淚流滿面。

滿江紅

南宋 嚴羽

日近觚棱，秋漸滿，蓬萊雙闕。
正錢塘江上，潮頭如雪。
把酒送君天上去，瓊琚玉珮鵷鴻列。
丈夫兒，富貴等浮雲，看名節。
天下事，吾能說；今老矣，空凝絕。
對西風慷慨，唾壺歌缺。
不洒世間兒女淚，難堪親友中年別。
問相思，他日鏡中看，蕭蕭髮。

詞場曼話

嚴羽（生卒年不詳），自號滄浪逋客，因爲生平從未出仕，史籍並沒有關於他的記載。他卻是相當有名的文學評論者，他的《滄浪詩話》約有一萬多字，推崇盛唐詩，主張妙悟，提倡興趣說，是很重要的詩論代表人物。他目睹南宋的衰落，內憂外患不絕，詩中透露出灰暗與失意情調，像是〈有感〉六首中的「襄陽根本地，回首一悲傷」或是「殘生江海去，老作一漁翁」皆是。至於嚴羽的詞作流傳至今只得兩闋，而〈滿江紅〉是他送朋友廖叔仁去京城裏擔任官職的作品，也是較好的一闋。

臨安京城的宮殿屋角高聳起來，彷彿要貼近紅日一般，那宛如仙境的兩座宮闕，已被秋意瀰漫。此刻的錢塘江，也正鼓動起白雪似的狂潮。擎起酒杯敬朋友，這一回的送行是要到高不可攀的皇城裏去，將要佩帶著珠玉與百官一同整齊排列，晉見皇帝。然而，大丈夫眞正在意的從不是盛名財富，卻是名譽與節操啊。關於天下大事，我仍是關心的，也有自己的見解和主張。只是空有滿腹才華卻不能施展，如今垂垂老矣，剩下無盡的愁緒憂傷。面對著蕭瑟西風，引發滿懷悲情，一邊唱著一邊敲缺了唾壺的壺口。不願意像世間小兒女那樣在分別時哭啼著，然而，人到中年仍舊難以承受離別的憯傷痛楚。若要問起別後相思之情。只要在鏡中看見滿頭的蒼蒼白髮，也就能夠明瞭了。

「不灑世間兒女淚，難堪親友中年別」，這兩句話中有矛盾，也有眞情。原本以爲到了中年之後，可以有更冷硬的心靈，去承受許多困厄或是悲苦的重量。誰知道當眞正的離別襲來，再多的武裝也得卸下，情感的份量也在此時測量出來了，不容逃避或者僞裝。眞性情是我們最美好的本質，爲眞性情的表露而流過的淚，永遠是最動人的。

時光詞場

第三片

而今聽雨僧廬下，鬢已星星也。

世事如今已慣，
此心到處悠然。

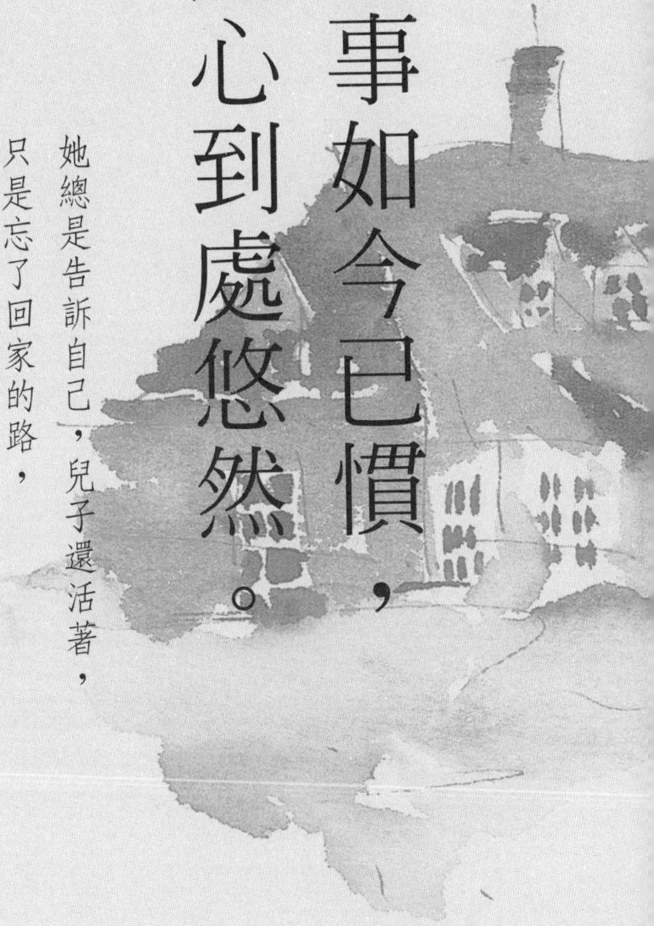

她總是告訴自己，兒子還活著，
只是忘了回家的路，
或許是以為她還在生氣，
所以不敢回家。
三十幾歲的兒子會是什麼樣子呢？
她無法想像。

每年五月下旬，她便要到這座峽谷的心裏面，一方小小的青年旅舍，將塵封的窗門打開，揭起鋪蓋著白布的床和桌椅，把爐灶裏的火升起來，將門外的兩盞水手燈點亮。從六月開始，陸續會有登山客進來，他們來了又走，走了又來，直到九月初，第一場雪飄落進峽谷中，她便會鎖上門，離開這裏。來自世界各地的旅客，都稱她爲天使峽谷的媽媽。

山裏的青年旅舍多半是沒水沒電的，峽谷媽媽的兒子和孫子會在旅客入山之前，先將溪水汲進旅舍的蓄水池中，順便也將木柴運進來。每年，她的女兒也會開著車到峽谷入口處，一邊抱怨著一邊尋到旅舍來，雖然她很賣力的幫忙刷洗地板，晾曬被單，卻總是很不高興的樣子：「這是我最後一次來幫妳，明年一定不來了。」峽谷媽媽聽著，不在乎地笑了笑，繼續做自己的事，因爲她了解女兒，女兒說這種話已經說了十幾年了。十幾年前，她告訴孩子們她決定要到山裏來接管青年旅舍的時候，最激烈反對的就是女兒：「妳的身體這樣差，不准到山裏去，沒有理由的，妳到底在想什麼啊？」峽谷媽媽說她好不容易才和森林管理處談好的，他們同意她將關閉的旅舍重新開啓，他們同意讓她試試看。「可是，媽媽並沒有經營旅舍的經驗，怎麼能有把握做得好呢？」兒子婉轉地問，也是不贊成的。她微笑著搓揉自己的圍裙，沒有說話，孩子們明瞭，母親已經決定了。

她在峽谷裏等候第一位入山的旅客，她那樣焦急地不斷到陽台上張望，黃昏時分來到旅舍的，是個長髮的瘦削女孩，揹著很重的登山包，喘息著問：「這裏有地方可以休息一下嗎？我，我好像迷路了。」峽谷媽媽迎進女孩，帶她到乾淨溫暖的房間，她丟下行李一頭栽進床舖，連說話的力氣都沒有了。到了夜裏，她喚女孩起來吃飯，才發現女孩發著高燒，在昏睡中不斷囈語。在囈語中，女孩呼喊著媽媽，有時候哭，有時候呻吟，峽谷媽媽守候著女孩，爲她熬煮藥草，一口一口灌下去。女孩兩天後轉醒，退了燒，清清亮亮的眼睛望著峽谷媽媽，她說：「我昏迷的時候，一直都是妳，對不對？我還以爲是我媽媽。」女孩告訴她，爲了與情人私奔，她和母親大鬧一場，離家出走，結果，情人背棄了他們的盟約，她此刻眞成了有家歸不得。女孩聽說這裏有一片天使冰河，如同天使展開的雪白雙翼，她想到那裏許願，希望母親接納自己。「媽媽會接受妳的，只要你肯回家去。」峽谷媽媽眞誠地說。

除非是知道峽谷媽媽遭遇的人，否則一定不能了解她有多眞誠。那一年，她和愛登山的小兒子吵了一架，因爲兒子先前曾在山裏摔斷了胳臂，她不准他再去登山。小兒子執意離開，入了峽谷，九月裏的峽谷下起大雪，兒子和夥伴們迷了路，他們好不容易找到這座青年旅舍，卻發現旅

舍已經關閉幾年了，沒水沒電，什麼補給品都找不到。小兒子是領隊，他讓同伴們在旅舍裏等，他自己攀過這座山頭去求援。同伴們在雪融之後獲救了，小兒子卻始終沒有出現，搜索隊不只一次入山尋覓，都沒有蹤影。峽谷媽媽常常夢見兒子站在廚房門口，對她說：「我要走了，媽媽多保重。」那也是兒子出門前說的最後一句話。如果她那天沒同他吵架；如果她多替他準備一些吃食；如果青年旅舍沒有關閉，那麼，兒子應該還在的。於是，她決定了要到峽谷裏來，讓所有離家的孩子，都能平安回家。

女孩平安回家了，也把這段經歷寫出來刊登在旅遊登山雜誌上，峽谷媽媽忽然出了名，許多登山者特意改變行程，就爲了能喝上一碗峽谷媽媽的熱湯，能參加每天晚上的小小營火會。在青年旅舍的門前空地上，他們在咖啡香氣裏分享每個人的故事，一路上的經驗，峽谷媽媽會詢問他們去過哪些山？遇見過哪些登山客？有沒有見過一個三十幾歲的男人，高高瘦瘦的，手臂有點不方便？她殷殷垂問著，認眞聆聽著他們的每段奇遇。她總是告訴自己，兒子還活著，只是忘了回家的路，或許是以爲她還在生氣，所以不敢回家。三十幾歲的兒子會是什麼樣子呢？她無法想像，於是，開始觀察那些前來投宿的三十幾歲的登山者，也許會更粗壯些；也許蓄起鬍鬚來；也許留著長髮，她在替他們整理房間時，會將撿起來的臭襪子洗乾淨，就像在替兒子洗衣服一樣的理所當然。

一年一年過去，她發現自己愛上這座峽谷了，這是帶走她心愛兒子的峽谷，卻也是屬於她和兒子的另一個秘密的家。這一年，由登山客投票選出的最溫暖可愛的青年旅舍活動中，天使峽谷旅舍得到第一名，得獎原因只有一個：神奇的峽谷媽媽。電視新聞在旅舍關閉之前，到峽谷裏來，他們拍攝峽谷媽媽與旅客們的相處情況，好幾個男性登山者離開時，擁抱住峽谷媽媽失聲哭泣，像孩子似的。記者對著鏡頭說：「我們要尋找的是峽谷媽媽，卻看見了這位天使媽媽。」然後她問峽谷媽媽，沒有經營旅館的經驗，爲什麼能做得這樣好？峽谷媽媽微笑著，搓揉自己的圍裙，對著鏡頭堅定地說：「我沒有經驗，但我是一個母親。我只是把進入峽谷的人，當成自己的孩子。」

西江月

宋 張孝祥

問訊湖邊春色，重來又是三年。
東風吹我過湖船，楊柳絲絲拂面。
世路如今已慣，此心到處悠然。
寒光亭下水如天，飛起沙鷗一片。

詞場曼話

張孝祥（西元1133～1170年），自幼聰慧，讀書過目不忘，他在偏安的南宋朝廷爲官，於荊州任安撫使時，修築金堤，爲百姓解除了深以爲苦的水患，很受地方愛戴。凡是孝祥所到之處，皆有政聲，可惜三十八歲英年早逝，令當時人同感哀痛。他的文章俊逸，才思敏捷；詞風豪放，常有感懷時事之作，清曠飄逸的情調，與蘇東坡相類似。這闋〈西江月〉，是路過江蘇溧陽縣的三塔寺時所作，也是張孝祥的代表作品。

問候著湖上的無邊春色，那些充滿生機的綠意盎然，這次重新造訪已是三年之後了。溫暖的東風，將我的小船吹到湖的另一邊，柔軟的楊柳絲也像故人似的輕輕拂面。人世間的種種坎坷滄桑，或許曾令人難以承受，如今卻漸漸習以爲常了。無論飄流何處，無論經歷怎樣的考驗，都能保持悠然自在的心態。憩息在寒光亭下，水面平靜無波時，與天色竟如此相似，在這樣的寧謐之中，忽然一群白鷗飛起，劃過湖水而去。

「世路如今已慣，此心到處悠然」，我常想著，要經過多少年的歲月，要承受多少無情的試煉，我們對於生命中的悲歡離合才能無動於衷呢？如同一個行路的人，看見悲哀如同泉水，能汲泉而啜，滋潤乾渴的心靈；看見怨忿如同奔瀑，能屏息靜觀，安頓許多紛雜的思緒，於是，再不畏懼傷害了，因爲可以包容一切，涵納所有。如果可以許願，願我年老的時候，能有這樣的胸襟，達到這樣的境界。

世事如今已慣，此心到處悠然。

國家圖書館出版品預行編目資料

時光詞場／張曼娟著. -- 三版. -- 臺北市：
麥田出版，城邦文化事業股份有限公司出版：英屬蓋曼群島商家庭傳媒股份有限公司城邦分公司發行，2024.01
面； 公分. --（張曼娟藏詩卷；2）
ISBN 978-626-310-618-5（平裝）

863.55　　112022215

張曼娟藏詩卷 2

時光詞場(新藏版)

作　　者／張曼娟
選詩小姐／張曼娟　陳慶佑　詹雅蘭　張維中
統籌企畫／紫石作坊
責任編輯／姚明佩　胡金倫　林秀梅

版　　權／吳玲緯　楊　靜
行　　銷／闕志勳　吳宇軒　余一霞
業　　務／李再星　李振東　陳美燕
副總編輯／林秀梅
編輯總監／劉麗真
發 行 人／涂玉雲
出　　版／麥田出版
城邦文化事業股份有限公司
104台北市民生東路二段141號5樓
電話：（886）2-2500-7696　傳真：（886）2-2500-1967
發　　行／英屬蓋曼群島商家庭傳媒股份有限公司城邦分公司
104台北市民生東路二段141號11樓
書虫客服服務專線：（886）2-2500-7718、2500-7719
24小時傳真服務：（886）2-2500-1990、2500-1991
服務時間：週一至週五09:30-12:00・13:30-17:00
郵撥帳號：19863813　戶名：書虫股份有限公司
讀者服務信箱E-mail：service@readingclub.com.tw
麥田部落格：http://ryefield.pixnet.net/blog
麥田出版Facebook：https://www.facebook.com/RyeField.Cite/

香港發行所／城邦（香港）出版集團有限公司
香港灣仔駱克道193號東超商業中心1/F
電話：852-2508 6231
傳真：852-2578 9337

馬新發行所／城邦（馬新）出版集團 Cite（M）Sdn Bhd
41, Jalan Radin Anum, Bandar Baru Sri Petaling,
57000 Kuala Lumpur, Malaysia.
電話：（603）9056 3833
傳真：（603）9057 6622
E-mail：services@cite.my

內頁繪圖／張曉萍
封面設計／林小乙
內頁設計／何偉靖
書封作者照片／攝影黃仁益、造型蔡麗香、服裝提供傅子青
印刷／前進彩藝有限公司

初版一刷　2001年3月01日
二版一刷　2009年4月28日
三版一刷　2024年1月31日
售價／380元
ISBN　9786263106185
9786263106178（EPUB）

Cité 城邦 麥田出版
Rye Field Publications
A division of Cité Publishing Ltd.

廣　告　回　函
北區郵政管理局登記證
台北廣字第000791號
免　貼　郵　票

英屬蓋曼群島商
家庭傳媒股份有限公司城邦分公司
104 台北市民生東路二段141號5樓

請沿虛線折下裝訂，謝謝！

文學・歷史・人文・軍事・生活

麥田出版
Rye Field Publications

RC2002Y　時光詞場

讀者回函卡

謝謝您購買我們出版的書。請將讀者回函卡填好寄回，我們將不定期寄上城邦集團最新的出版資訊。

姓名：________________ 電子信箱：________________

聯絡地址：□□□ ________________

電話：（公）________________ 分機 ____ （宅）________________

身分證字號：________________（此即您的讀者編號）

生日：____年____月____日 性別：□男 □女

職業：□軍警 □公教 □學生 □傳播業 □製造業 □金融業 □資訊業 □銷售業

□其他 ________________

教育程度：□碩士及以上 □大學 □專科 □高中 □國中及以下

購買方式：□書店 □郵購 □其他 ________________

喜歡閱讀的種類：（可複選）

□文學 □商業 □軍事 □歷史 □旅遊 □藝術 □科學 □推理 □傳記

□生活、勵志 □教育、心理 □其他 ________________

您從何處得知本書的消息？（可複選）

□書店 □報章雜誌 □廣播 □電視 □書訊 □親友 □其他 ________________

本書優點：（可複選）

□內容符合期待 □文筆流暢 □具實用性 □版面、圖片、字體安排適當

□其他 ________________

本書缺點：（可複選）

□內容不符合期待 □文筆欠佳 □內容保守 □版面、圖片、字體安排不易閱讀

□價格偏高 □其他 ________________

您對我們的建議：________________

____

____